請安靜後入內

壹捌零參 圖・文

一場糊塗：致那位荒唐少年

「這杯酒，就留到我們六十歲的時候，再喝吧！」

帶著厚重眼鏡的他，勉強撐起理智喊著。

震耳欲聾的音樂，我們因喝醉而胡亂四處癱倒，KTV的包廂裡，凌晨兩點左右，那時他一句因酒意錯亂思緒之後，而含糊不清的話，我聽到了。

「不用！待我們功成名就，四十歲就夠了！到時候，再像現在這樣，喝個一場糊塗。」我回道。

「好！」包廂裡散落遍地的目光和精氣突然集中，眾人應和道。

回想起當時的情景，定能算的上往後所有故事的序章吧，都還能記得，那夥充滿理想的年輕人，在大考結束之後，就真正要道別了，各自向未知的明天散去，何年何月還能再聚，我們很有骨氣，我們都不說，想必是都清楚，追尋大夢的路，會很孤獨吧。

高中畢業直至大學開學之前，那時的我們，就像是將積怨許久的所有壓力和情緒，共注成一道必須宣洩的力量，以未曾有過的狀態爆裂開來，那是當時，我們心中的自由，玩樂至巔至極，荒唐的年少，我們終於自由了，心中這樣想的，也許能明白此刻必然是短暫的，但就是因為如此，我們更加必須盡興。

之後的幾年，十七歲一去不回，年歲漸漸成了人們口中的模樣，一道難解的題，不得不承認的，我很常想起過去，甚為想起還能潤濕眼眶那樣，雖然人們總說，不該活在過去，著眼當下就好，餘力想望未來，是的，我能懂，只不過是止不住那些徒然的思念，是啊，徒然。

寫作開始的很早，但真正開始將創作發表在網路上，是剛上大二，二零一五年夏末，結束第一階段的兵役，九月回到了校園。

不是無來由的決定開始，雖然此刻正在寫序的我也好奇，當時真正讓自己開始在網路上寫詩的動機究竟是什麼，靜下來是好幾根菸消散成虛無之後。

轉身去推敲過往，一步一步的退回到那些當下，二零一五年，在宜蘭服了兵役，和前任剛分手一陣子了，和當時的現任剛在一起不久，之後是另一次的分手，在學校裡參與社團活動，社團生活是走到哪都要一群人，只有回到自己的住處時才會特別安靜，安靜的擾人，那時候就愛上淡水的秋冬了，冷得要命，但能看見對岸八里的燈火，夜裡雖然時常孤獨卻也安穩。

也許是因為未來總是看不清楚摸不著，因此人孤獨，就回頭，回頭向回憶裡深究，去念去思。

大夥都過得好嗎？當時確實很常這樣對空氣說話，對窗外的景，對浴室的鏡，對下課時喧鬧的街弄，對午夜出門買消夜時，寂靜的天。

雖然當時的我，還未老去，但早已明白光陰的殘忍了吧，它會不帶一絲憐憫的帶走身旁的溫度和人甚至聲音和畫面，強烈的連結也都會漸漸鬆脫，青春耐人尋味的原因，水落石出。

就著不斷堆積成習的想念，開始了一些創作，開始繞著過往和年少的溫血激情描寫，成詩，之後養成了習慣記錄，記錄生活，記錄情感，一字又一字的堆，至今有多少篇幅也算不上個數了。

《入內後，請安靜》是我個人的第一本實體書，很感謝東販出版社給予如此機會合作出版，也謝謝編輯小姐能在茫茫人海裡找到我，過去曾與讀者分享在網路上寫作的歷程，形容那樣的感覺，就像是地球人將這裡的故事撰成一封又一封的信，不斷向未知的寬廣宇宙深處發送，默默等待回信，仰望天空時，總是欣慰著一定有天，會有讀到這裡的故事，而滿懷好奇或其他情緒的回覆。

我清楚二零一五年的自己，不曾想過能有這樣的作品誕生於世，甚至能說一年多前的自己也未曾想過，每當有朋友問起是否會有出版成冊的願望或期待，我總想著說著，還差得遠呢，我還不夠厚重，我還不夠輕柔，我還不足以扯盪人的情感絲弦，我還不足以讓人激昂和落淚，我還不到那火侯。

然而此刻還是充滿感激，我一直都這麼認為，我不是個擅長說故事的人，所以用力的去生活，用盡精氣的去體會和品嚐，因抒發而流淌的文字也好，因憤慨或悲傷而落定的文字也好，將它們安放，就算有天會被人遺忘，我也未曾感到浪費，頂多心疼。

如果有人問起，本書的內容大致都摘於本人的經歷，都是身邊的故事或本身，希望能帶給翻開此書的你，一個至少不失望的閱讀經驗。

回想起來，也許當初那個十七歲的自己，若是未曾脫韁似的放肆歡鬧過，爾後的另一個自己，或許也不會執著於思念，也就不會有現在了，謝謝十七歲，和當時伴我左右的朋友、愛人和家人，謝謝文字領我至此，謝謝那些本該紛飛如煙的情感，在一個又一個的過客，駐足或停留之間，落於筆尖，得以成詩而抒情。

也許生命就是這麼一回事，前方的大霧之中，早有了一些美好的注定，只是得毫無保留的發盡全力去闖，儘管前途看似陌路，也該有那份自信，說著不虛此行。

CONTENTS

輯二／請安靜入內

EXIT

輯一 | 若你也沒睡

Blue Rooster

走出酒吧

左搖右晃，
走出酒吧的人是，
曾荒唐虛度的歲月也是，
沒有在日記裡被看見，
玩瘋了怎麼提筆，
沒有在照片裡被看見，

留念是留給端莊的回憶。

我沒再見到妳，
一開始的妳，
我也沒再見到我，
思緒還在飛舞，
還沒降落，

那些，
空心的，
醉姿的，
悠悠蕩蕩，
僅僅一夜的，
徹夜翻滾的，
虛虛實實。

那是一間大家公認最舒適的酒吧，在離學校側門往外步行大概三分鐘的地方，是一座社區，社區一樓平面的C棟後側，隱密也不隱密，日落之前只是一個鮮少有人會經過的角落，而日落之後從晚間十點半開始，鐵捲門收攏，社區的那個角落總是會有西洋電子重低音傳出。

剛上大學不久的我們，都是性質類似的靈魂，都好奇著、探索著，盡力且荒唐的把握著各種虛幻和快樂。我和她真正認識，是從同班的幾個朋友一起到酒吧慶生的聚會開始。最一開始的印象，是藍白色相間的薄襯衫，裡頭搭配白色T恤，還有深藍色的牛仔褲，我們隔著長桌的短邊對坐，我們不熟，也許是大家都不熟，只是我能感覺她和我一樣，不善交際，不喜歡主動開口或盡力融入，只是保持著微笑，適度飲酒，看著眼前那些喧鬧，一點點的慌張卻充滿好奇心地專注著。

生活裡陸續也有了其他聚會，相較於慶生的規模來得小的各種聚會，所幸我們都還能被邀請，雖然不知道她是怎麼辦到的，也許是人長得漂亮吧，但對於我來說，應該算是值得開心的事，明明是個不善於交際的人。

隨著一起來到這家酒吧的次數累積，我和她從隨機入座慢慢轉變成習慣性對坐，從隨意攀談慢慢轉變成嬉鬧鬥嘴，眼神也從以往刻意禮貌性的閃躲慢慢轉變成刻意擦撞，喝下肚的酒，也隨著氣氛熱絡而漸漸增加，眼神會開始迷茫，心思會慢慢流於言表，流淌於目光。

那一次是六個人的聚會，約在十二點半，都各自吃完宵夜才到，入座後寒暄，之後漸漸喝醉，喝的盡興時酒吧老闆招待加點，該喝醉的人都喝醉了，那個晚上的她也是，而我用抽菸抑制醉意，好讓酒精不那樣猛烈撞擊我的大腦。她逞強的用手托著下巴撐著桌面，靜靜看著對座的我，突然地站起身說著要去廁所，在旁的女性友人問著要不要陪著她一起去，因為廁所在酒吧外面，是社區的公共廁所，她搖搖頭示意不用，指著大家要我們繼續開心的喝，還把臉湊近我說著，等等再見到我時，最好不要是現在這般清醒的模樣，淺淺笑著就走出酒吧了。

不勝酒力，桌面上只剩我和另一個男的清醒，我一邊應付著男人之間的閒聊，一邊想著她離開我的視線多久了，看看手機螢幕顯示也不過才十幾分鐘，也許在補妝，也許是在外面吹吹微風醒酒，但就是好奇心使然，或趁著酒意有著其他想法，我藉口出去抽菸離開了酒桌，走出酒吧，關上那扇看上去就能知道是刻意設計過的復古木門，酒吧裡頭的世界和那隨之翻滾的所有喧囂都像被蓋上一張厚厚的棉被，悶住了大部分的雜音，只剩下流行音樂的重低音迴盪。

我晃了附近一圈，用耳朵聽，用眼睛找，沒看見她的身影，撥通電話，另一頭不到一秒鐘就接起來了，就好像一直都在等著誰撥通它似的，她說她蹲坐在C棟側邊，通往地下停車場的樓梯間，正在休息，醒醒酒，我只管著說我知道了，隨即把電話掛斷，我在樓梯間找到她，自然地坐到她的身邊，這是第一次和她並坐，肩靠著肩，像是被刻意縮短的距離，因酒精催使而被打破的常規距離，那是人與人之間，社會不成文的規範下必須因禮貌而保持的距離，被我打破了，而她也沒有退縮。

我們一起回到了酒吧，繼續和朋友們嘻嘻哈哈的度過這場歡樂的聚會，結束這個晚上，但也許不會有人知道，當酒吧的音樂正播著，酒客們東倒西歪的醉了吐著，有人在酒吧外抽著菸鬱鬱寡歡，有人在酒吧內大談社會或愛情，那些瞬間的同時，同個宇宙同一片夜空，我們走出酒吧，我吻了她，我們擁抱著，髮香和酒氣瀰漫交疊。

爾後的我們時常爭辯著是誰先靠近誰的，討論著那個晚上的虛虛實實，也許真的發生過，也許根本沒有被任何歷史記載，在沒有其他人能察覺到的角落。

開在路邊的野花

嘿，
開在路邊的野花，
是否還記得去年冬天的模樣？

嘿，
開在路邊的野花，
妳也是在春天綻放的嗎？

嘿，
開在路邊的野花，
妳會永遠在這屬於妳的路上，

嘿，
開在路邊的野花，
妳真的需要有人愛嗎？

她帶著披薩連鎖店的兩人分享餐出現在我家樓下，也不算是我家，是當時的住處，六點五坪大的套房，十八層樓高的窗景能看見淡水河畔，這是座專門租給學生的社區，我算住得還不錯，來過的同學們都這樣說著，明明一個人住，卻挑了擺有雙人床的房間。

那是晚上快十二點，洗好澡都會習慣抽根菸，她就來電話了，說讀書讀不下去，找我一起吃宵夜，那時正值期中考週，我也才剛從學校自習室回來。而對當時的我們來說，宵夜可以有很多種意義，可以是一群男生夜深了不知能幹嘛的聚會，可以是剛認識不久卻互有好感的男女藉其幽會的說法，也可以是那種很常見的學長想追學妹而想出來最爛的邀約，但我們不是，不是以上那些，光聽語氣就能聽得出來。

婕是一直以來的好朋友，從大學入學那天就吸引所有學長目光的她，我還真的看不出來她哪來那樣的魅力，但這應該值得慶幸吧，就是看不上也看不對眼才能成為好友，才能讓我免費吃到這頓披薩兩人分享餐。

進到我的住處之後，我把床邊的藍色小桌子擺到方便我們倆都能盤腿坐下的位置，放上兩人分享餐，才剛坐定，婕便不帶一絲迂迴的輕輕丟出今晚來到我面前的原因，是他們分手了，婕和她不知道是不是情侶關係的男性友人不聯絡了，語畢後的表情沒有太多悲傷，是一種常理上不會被形容成悲傷的情緒，反而滿臉的煩悶，一進到我房間就開始抽菸的她，看起來根本沒有食慾，這頓宵夜我應該會吃得很撐。

「幹嘛突然不聯絡了？」我一邊吃著炸雞說著，她沒有馬上做出回答，看來她也不想，可能是知道我也沒那麼在乎吧，她繼續看向窗望，從倚靠在窗台的站姿轉為蹲坐而背靠在我的床邊，我離她大概兩公尺左右的距離，我感覺不到她，她沒了平常那種雖然過於理智卻因此有點憨厚的氣息，反而看上去很輕，可以說是空心的，像是一顆氣球，月光下粉藍色的氣球。

「可能是因為我想吃宵夜吧。」這是她抽完第三根菸之後，由口腔發力隨呼吸輕輕漫出的第一句話，但我沒聽懂，回想起，聽懂都已經是很久之後的事了。

桌上的炸物被我吃得差不多了，披薩還剩下兩三塊，都涼了，我問著她還餓不餓，她以開玩笑的口氣說著當然，終於又盤腿坐到藍色小桌子旁開始吃著她買來的兩人分享餐，邊吃還邊打開我的電腦播音樂，那些煩悶，從今晚見面開始就掛在臉上的煩悶和也許一點點的悲傷，好像在過去這個有點緩慢的深夜裡，大概一兩個小時的時間當中，被某種躲藏在她心底的怪獸給吃掉了，一頭野獸，安靜卻無比兇猛且冷血的雌性野獸。

當晚她沒有再提及那個男人，那個也許已經深陷瘋狂愛戀的，或也許壓根沒有在意過的男性友人，她沒再提及，也沒說到之後她如何打算，等他，去找他，傳簡訊正式道別，或去爭辯著曖昧或任何不明關係，她沒有，她什麼也不打算做，她抽菸，她也許只想吃頓宵夜。

一個人再見

我們牽手走過那條街，
漫漫的，
沿著河堤的那條街，
我們要道別了，
我準備好了，
能不能親我一下，
那就臉頰吧，
嘴唇會太傷心的，

我們要道別了，
妳準備好了，
明早的飛機，
起飛之後，
這裡就不會再一樣了，

我們擁抱了很久，
很久很久的，
久的連，
妳早就轉身離開，
我都還沒有發覺。

昨天的凌晨兩點，我還在妳的身邊，我們吃完晚餐就一直待在一起，我們盡可能開心地聊天，我準備了要送妳的圍巾，妳準備了要留給我的卡片，我送妳的會陪妳一起到那，妳留給我的會陪我一起留下，都很剛好，只不過我們都盡量避開了悲傷。

那是我們交往的第二個禮拜，已經過了十二點，所以已經可以算是週一了，為期兩個禮拜又一天，我們要道別，妳比我大三歲，我太晚告白了，我們太晚認識，我太晚追到妳，所以很多事情改變不了，都是已經決定好的，我們都做好了心理準備，妳要去英國留學，我早就知道的事，我們要結束能常常膩在一起的日子，這也是妳早就知道的事，從開始到結束，會像泡泡那樣美麗，卻隨即破滅，這是我們都早就知道的事。

我就不去送機了，目送妳離開之後就是兩年不會再見，我想自己應該會被擊垮吧，會有妳的家人和朋友們，妳記得圍好我送妳的圍巾，和他們好好擁抱，好好拍上一些留念的照，之後要提起勇氣，告訴大家妳會過得很好，別讓他們擔心了，之後，

'98 8

上了飛機，在手機關機以前，記得和我說一聲，我會守在手機前面，看到訊息之後馬上回覆妳，我會告訴妳，我愛妳，但別太掛心，妳會好好的，而我也會。

昨天的凌晨兩點，我把機車停在妳家樓下，我們從很遠的地方，步行回去，沿著河堤的長長街道，我牽手送妳回家，昨天的妳，像平常那樣活潑，可能是害怕我傷心吧，妳總是知道我太多愁善感，所以保持著平常的模樣，有說有笑，可愛的叮囑我，在妳回來以前，不准和別人在一起、不准和別人曖昧、不准和別人上床，告訴我之後的距離，是七小時的時差，告訴我，妳每晚都會記得說晚安，所以我也不能忘記，把卡片塞進我的口袋裡，妳說等妳真的離開這，再打開來看，我回著知道了，今天牽手，和平常不同，妳握得很緊，比平常還要更緊，擁抱也是，比平常還要用力。

為期短短兩個禮拜，今晚結束之後，明早睜開眼睛之後，妳搭上的那架飛機離地之後，都要不一樣了，見不到妳、碰不到、聞不著，這裡沒有妳之後，這裡也都要不一樣了，那些未來，我沒努力的去想像過，我知道去預想那些，能見到的，都會盡是悲傷，都會撲上一層淡淡的藍，那往後不短的日子裡，都會是如此，看妳轉身離開，我會努力記住當下的所有，我要努力記住妳的手、妳的溫度、妳的短髮、妳鎖骨輕輕沾上的香水，妳安靜擁抱著我，妳的轉身，妳的背影，妳的道別用微笑代替。

二十四小時之後，妳落地，已經和我不在同一片土地上了，妳到達了英國，不同的國家，不同的風景，那裡很美，妳拍了很多照片給我，乾淨的宿舍，乾淨的街道，妳說那裡的溫度還用不上我送給妳的圍巾，二十四小時之後，凌晨兩點鐘，我騎車回到了妳家樓下，把車停好，點了一根會抽很久的菸，靜靜望著昨晚一起走過的街道，現在只有我，還有卡片，我記得妳說的，我記得很清楚，要等妳真的離開這裡之後，才能把卡片打開。

也許那裡頭是妳的告別，也許會有我們的照片，那些都是妳交代我，必須要妳真的離開這裡之後，才能打開來看的，所以現在的我，還不能打開，要等到妳真的離開這裡之後。

戀人呀

好好相遇，
好好相知，
好好告白，

好好去約會，
好好去看電影，
好好去搭摩天輪，
好好甜蜜，
好好熱戀，

好好吵架好好說，
好好同理心，
好好包容，

好好習慣，
好好親密，
好好冷戰，
好好破冰，

好好懷疑，
好好傷心，
好好結束，
好好討厭，
好好道別，

好好懷念，
好好不再相見。

那是為了迎接大一新生的營隊活動，兩系的大二生談好了合作，將會是四個月的籌備期，活動時間排定在十一月初，三天兩夜。

曉琪和吳唯都是營隊的工作人員，因此認識。

大二那年，因為這場規模不小的營隊活動，兩系的學生密切的接觸著，日子一久，男男女女，落了遍地的好感，開始各自有了動作。

僅僅不到一個半月，兩系的情侶就出現了八對，曉琪和吳唯就是其中一對。

吳唯是學生會的會長，眼神和笑容，那些舉手投足，說的笑話或嚴肅的指教，都能嗅到絲絲纏繞在他身上的自信，也可以說是自大，但自大得不討人厭，也許這就是他能當上會長的主要原因吧。

曉琪說過，喜歡幽默的男生，也許還有一點點是因為吳唯的做事風格和她自己有著很大的差異，就此被吸引，在愛情裡時常能見到的互補關係。

曉琪靦腆而害羞，是個真的善良的人，雖然是外表亮麗的城市女孩，但不見那種想像裡的都市味道。

他們相處得很開心，是對可愛的情侶，打打鬧鬧的，雖然吳唯總是忙著校內的各種活動，為此曉琪會抱怨，陪她的時間不多，但兩個人很快就同居了，總會回到同一張床上，日常忙不忙，對他們來說，好似也無所謂了。

他們會在假日騰出時間約會，會因為曉琪去逛街，會因為吳唯去和其他朋友吃飯，他們會在週五的晚上，一起去買啤酒和零食，看驚悚電影到半夜。

四個月之後，活動順利的結束了，那天，一行人一起回到學校，都很累了，晚上還接著要慶功，那時，因為這營隊而誕生的八對情侶，都出雙入對，慶功的飯局上，大家都很幸福。

活動結束，意指兩系的合作也結束了，不再需要開會，不再需要一群人一起練習活動的橋段和表演，那些耗神的準備工作，都成為美好的回憶了。

而那八對情侶，半年之內，僅存兩對，曉琪常常對吳唯說，幸好我們還在一起，可愛的皺眉，如果你敢先不愛我，我會殺了你。

也許年輕的歲月，本就是荒唐和清淡，沒多久的時間，吳唯提了分手，曉琪很難過，哭著對每一個身邊的朋友說，吳唯為什麼可以就這麼丟下自己，他是個壞男人，自己會一輩子痛恨他。

曉琪不知道原因，不知道分手的原因，直到某次消息輾轉傳到她的耳裡，原來吳唯喜歡上了其他女孩。

曉琪是更加仇視的樣子。

「我們分手吧，對不起。」吳唯在電話裡說的，曉琪很難忘記，不確定是因為青春所以難忘，還是因為他那個人，所以難忘。

已經整整過去了三年，吳唯現在在哪，在做些什麼，曉琪不知道，也許也不想知道，曉琪不曾在心底默默瀟灑的說會祝福他之類的話，吳唯只是青春的一陣風吧，實質沒有重量的。

有時會想起那年的人事物景，他們是對可愛的情侶，那時的朋友總是這麼說，曉琪回想起來，也都覺得美好，但不確定的是，那些是因為青春所以美好，還是因為他那個人，所以美好。

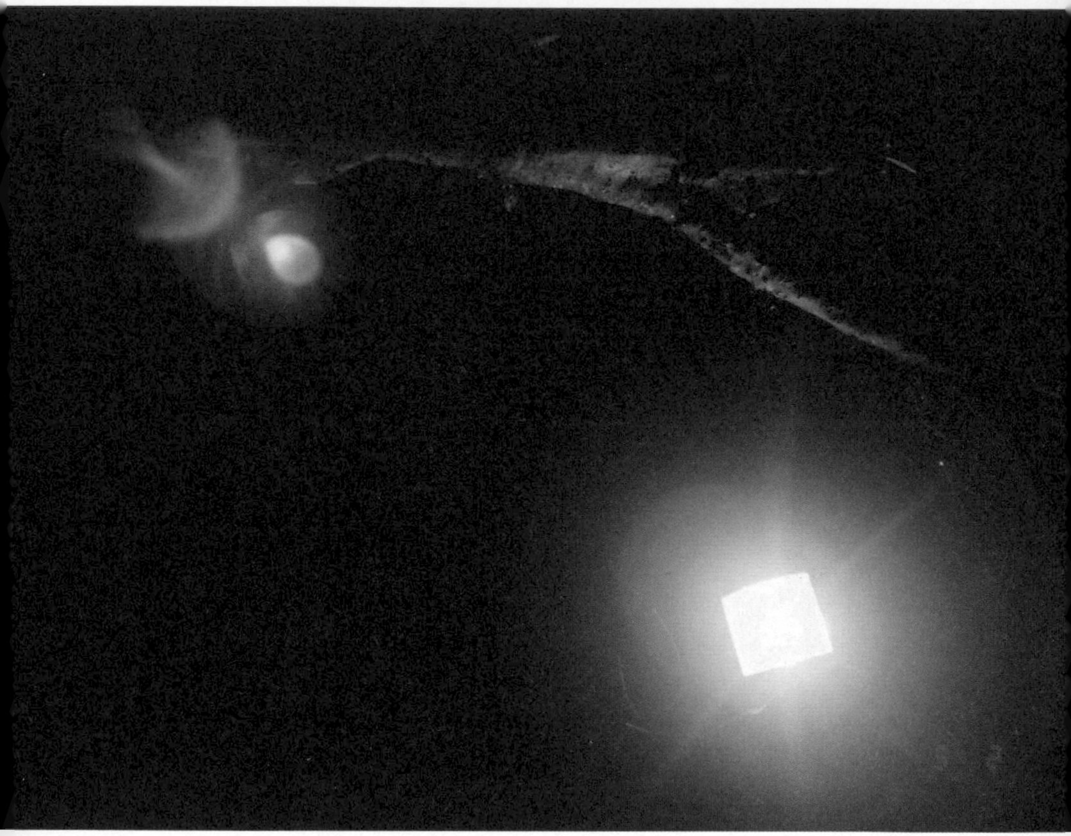

一夜情

別提三個字，
允許兩個人，
就僅此一次，

攤上什麼，
溺上什麼，
都別帶出這裡，
這個晚上，

明早我們都失憶，
明早你是誰，
明早不是我們，
明早是我跟妳，

這時代太多平靜，
讓我們獻上煙火，
照不亮夜空，
就只是微弱照明。

看了看手機，星期日早上十一點多，電量顯示剩8%，昨晚忘了接上充電線就睡著了。

不對，床頭櫃上有另一支手機，充電線正插著。

手機是她的，她的名字叫做陳羽，羽毛的羽，昨晚認識的時候，她是這麼介紹自己的。

她就躺在我身旁，回過神來，才發現我和她離得那麼近，雙腳交疊著，她的長髮攤滿了我的枕頭。

昨晚喝醉了，但不至於失憶，都還依稀記得。

在學校附近的酒吧，之後認識了她，她說她剛失戀，正巧我也是。

在我們睡著之前，她爬過我，說她習慣睡靠牆的那邊，還扯走了大部分的棉被。

十二月，連續幾天低溫特報，我不能把被子都讓給她，我會冷死。

而當我用力把棉被拉回自己身上，也把她一起給拉了過來。

我沒叫醒她，我先是去浴室沖了澡，熱水澡，宿醉時的熱水澡，是解脫。

我圍上浴巾，走出浴室，點了根晨菸，抽，將窗戶微微打開一個縫，淡水十二月的冷風，是會奪走靈魂的，況且我還住在十八樓。

抽沒幾口，身後傳來她的聲音，「嘿你，能不能別抽菸？」

「妳討厭煙味？」

「不是，只是宿醉的時候，聞到煙味會想吐。」

好吧，也罷，只是一個壞習慣，我把煙給熄了，熄在書桌上的煙灰盒裡。

繼續對話。

「你的菸癮很大嗎？」

「不，一包菸可能夠我抽兩個禮拜吧。」

「那就好，祝你長命百歲。」

「你今天忙嗎？」陳羽問。

「還好，晚上要和朋友們吃飯。」

「那再躺一下？」

宿醉感還徘徊在全身的感官，肚子不餓，後頸悶脹，也好，再躺一下，下午也沒有其他事情要忙，我躺回被子裡，她理所當然似的將身體挪了過來，因為沒穿衣服，所以能直接感覺到對方的體溫，特別溫暖，也或許只是因為十二月吧。

這次沒有做愛，就只是一起睡著。

醒來已經是下午四點了，陳羽醒來的第一句話是她餓了，要我到樓下幫她買點吃的，而她想沖個澡，見她離開床，有種終於見到真面目的感覺，她站起身子，是那種因為身體嬌小，頭髮顯的特別長的女孩，髮尾燙成波浪。

陳羽向我要了件上衣，特別寬鬆的，我要離開時，還指了指浴室的兩支牙刷，問著她能用哪一支。

「白色那支是我的，黑色那支是前任的，妳自己挑吧。」說完我便出門。

幫她買了碗湯麵，十二月的淡水，真的冷得駭人，宿醉全醒了的感覺。

回到住處，推開房門，見她就坐在我的書桌前，用著我的電腦播了音樂，一邊用吹風機吹乾頭髮。

「妳還真自在呀。」把湯麵擺在陳羽面前的桌上。

她就只是笑了笑，不得不承認，她是個可愛的女孩，圓潤的眼睛，笑的時候會有酒窩。

等到把頭髮吹乾，她才開始吃麵，而我趴在床上滑著手機。

「你很常這樣嗎？」嘴裡還掛著麵條。

「怎樣？」

「一定是因為常常這樣，才跟前任分手的吧。」陳羽說。

「你呢，也很常這樣？」我問。

「不，你是第一個。」

「鬼才信。」

兩個人都笑了出來。

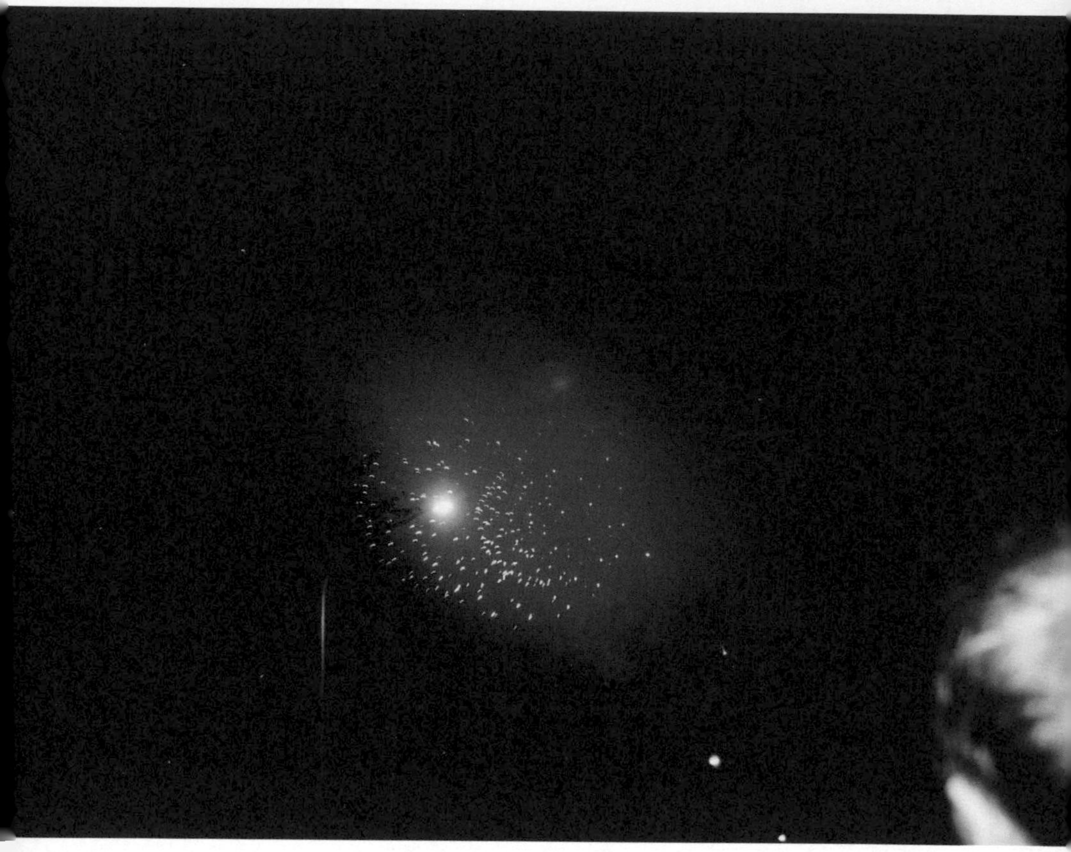

無底洞

無底洞吞噬了一切，
所以那裡什麼都有，
有心的碎片，
有無奈，
有不再被想起的人，
有我，
有時也會有妳。

無底洞越來越大，
所以自己越來越小，
小的不想思考，
小的隨波逐流，
小的不輕易離開，
小的離開了就不再回來。

長在身上的無底洞，
那使你漸漸什麼都沒有，
有的都掉進洞裡，
僅剩的都只是溫柔。

洗完澡走出浴室，還光著身子邊用灰色毛巾擦拭頭髮，房間裡只開了盞橘黃色的夜燈，你看見她坐在床上，你那張以黑色床單黑色被套黑色枕頭組成的雙人床，你看著她手裡握著你的手機，頭沒因你靠近而抬起，那個瞬間，再怎麼遲鈍的男人大腦，也知道了大事不妙。

她在你去洗澡的時候，看了你的手機，這已經成為事實了，你也沒有打算問為什麼，為什麼要偷看我手機，好奇心嗎？還是缺乏安全感？為什麼可以這樣？其實偷看別人手機是一件很缺德的事，這些問題，你都不打算去思考，其實也不是第一次遇到這樣的狀況了，你在心裡盤算著，那才沒幾秒鐘的時間，你以一種理所當然的姿態，走到書桌旁拿起香菸和打火機，這是你洗完澡的習慣，打開窗戶，就算房間裡還開著冷氣。

你點起了一根菸，抽。

到這她都還未開口說任何一句話。

自然的吸吐一次之後，你將身的正面轉向了在床上盤坐的她，此時灰色的大毛巾已經圍在你的下半身，接下來是計畫的第一步，你一副驚覺不對勁的把剛抽完一口的菸熄了，妳怎麼了，對床上的她問著，見她不答，向前也坐上了床，把距離拉近到聽得見她呼吸的長度，之後又問了一次，妳怎麼了嗎？怎麼拿著我的手機？輕輕從她手中取下手機之後，沒有多餘的動作，像是看手機畫面或把螢幕關暗，就只是從她手上取下手機，像是一種策略，先繞過問題的中心點，之後你用手輕撫她的臉，一邊抬起她的下巴，一邊加強驚慌的口氣，妳怎麼哭了？此刻女孩才潰堤，無助的哭著，問那個女人是誰，那個聊天視窗裡，才剛剛道完晚安的，語畢後還傳了愛心的女人是誰，女朋友？曖昧？那你把我當什麼？

她是我之前追過的女生，你不假思索的回答道。

你知道你站得住腳，就算檢視聊天內容，你是個很小心的人，你留著各種餘地活著，你知道曖昧這種勾當不一定要流於言表，有時是暗語傳達，就像避開所有法律漏洞一般，你不曾給過誰任何承諾，也不曾完全表露自己，這些思緒快速晃過腦海後，你不疾不徐的環抱住她，還輕輕笑了兩聲，抱歉，是我沒讓妳知道有這樣一個人的存在，那已經是三個月前的事了，是在妳出現之前的事，我不想追她了，現在只喜歡妳，是妳讓我不想繼續追的，你在她耳邊這樣說著。

這便是計畫的第二步，像是把糖給想吃糖的人那樣，讓她知道她很重要，不需要胡思亂想，這是策略執行的方向。

上個月才在一堂中文系的選修課上認識，不到兩個禮拜就一起回家過夜了，契機是她家停電，問著能不能來你這借浴室洗澡，也許兩個人早就有好感，理由荒不荒唐，看來只要能拉近距離省去那些不必要的時間，就一直都會是可以被忽略的。

所以其實也不是情侶關係，對你來說，上過床不一定代表承諾過什麼，你總是可以用情感是衝動的，太浪漫以至於不想錯過，之類的理由開脫，若是被問起要不要在一起，也能畫起未來的大餅，模糊當下不想給誰承諾的窘境。

她看似從原本的悲傷，變成了生氣，在你抱住她說完該說的話之後，情緒的轉變對你來說是好的，代表她在聽，正在消化你給的，是能繼續嘗試溝通的，你加大了雙手環抱的力氣，一陣抱緊，之後鬆開了手，直直看著她，她壓著眉頭瞪著你，你在她還沒開口之前就站了起來，伸手拿起剛剛被你放在床邊的手機，示意要遞給她，不然妳打開來看看，看到底是怎樣，你一派輕鬆地說著，但心裡知道這很危險，你自己清楚得很，手機裡還有其他曖昧對象，都是不定時的炸彈，雖然有著各種防備措施和應對策略，但你累了，不想在這個剛洗完澡，舒服放鬆的夜晚，繼續費心動腦。

猶豫太久了，你沒多說什麼，以最無所謂的態度把手機溫柔地放回原處，是她手勾不到的地方，而你牽起她，對不起讓妳哭了，是我的錯，又一次好好的抱著她，寵溺的拍拍她的頭，沒事沒事，不會有下次了，雖然如此，你知道她還在生氣，事情沒那麼快結束。

計畫還有最後一步。

把手從背向下移到了腰，你以單手輕輕撫摸著，額頭靠上她的額頭，可不可以不要生氣了，她才正想回嘴，你就把嘴唇向她耳邊湊近，以唇輕輕吻過，她沒能講出一個字，但喘了口氣，接著你將身體前傾引導她躺下。

這是言和最快的方式，你一直這樣相信著，性，是人性原始的甜，雖然對此的喜好因人有強弱之分，但你知道兩人擁抱在一塊，無語而纏綿，是最純粹的美好。

之後，她先睡著了，你靜靜看著側身睡著的她，其實你也是很喜歡她的，你其實不知道自己為什麼不想定下來，也許是討厭麻煩，也許是單純的還沒長大，還太幼稚，你知道這樣對不起她，對不起過很多人，你還是有正常的倫理道德的，也許是心生病了，每每想到這，你就懶得繼續多想了，都是過程吧，你從床上坐起，走到窗邊，用手指撿起在這之前熄滅的菸，點燃，抽。

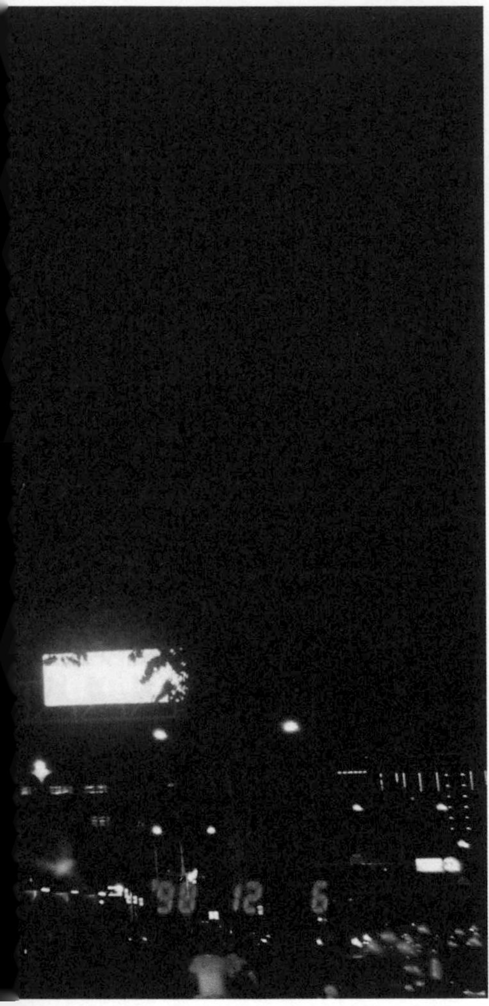

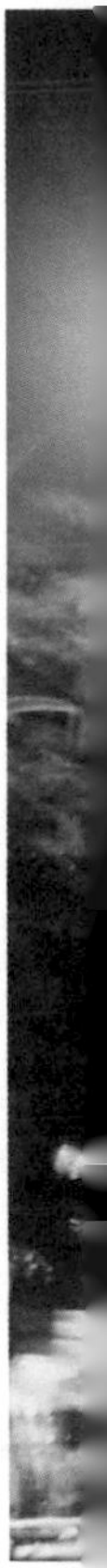

酒神

如醉如癡，
信愛至荼蘼，
之後得酒神之賜，
重生而來，

愛之入骨，
恨之入骨，
才足以凝視慾望深處，
那裡昏暗無光，
那裡使人著迷，

有悠揚的情歌繚繞，
有夢寐的愛人懷抱，
醉姿緩慢，
眼神渙散，

之後得酒神之賜，
重生再來。

裝潢精美的酒吧，女人們圍坐，開了兩支紅酒，剛抽完菸走進人群間的嘉子，今天喝得特別醉，有半支紅酒都是她喝的，自己還點了一杯調酒。

嘉子才剛坐下，又伸手拿起桌上的高腳杯，喚著朋友再把杯子斟到半滿。

對女人們來說，今天是一如往常的星期五，下了班和同事或朋友們狂歡的晚上，好好放鬆的晚上，是緊繃的日常得以鬆懈的時光。

而對嘉子來說，今天想喝多一點，想讓自己醉一點，視線再模糊一點，她心情很糟，她沒告訴同桌的朋友為什麼，她沒擺出會透露祕密的神情，她表現的和其他女人一樣，開懷大笑，七嘴八舌，一副終於星期五了的姿態。

她發現男朋友劈腿了，就在兩天前的晚上，那男人的手機，突然出現的曖昧簡訊，嘉子撞見，但很快的，就短短一個晚上的時間，因為還是深深愛著他吧，她原諒了那個男人，也相信他說的，不會再有下一次了。

嘉子有著姣好的身材，和只要太靠近都會被她吸引的臉蛋，一直以來都是如此，所以她有自信，男朋友的心，依舊在自己這裡。

但此刻，酒吧裡，人群間，這些厚重的音樂和線香香味，燒灼著喉嚨壁的酒精，都是為了麻痺自己用的，這是嘉子心裡想的。

她心情還是很糟，雖然她告訴他，已經原諒他了，也相信未來，和他能繼續甜蜜的相處著，但心情就是很糟，糟得徹底。

默默盤算，只要讓自己足夠的麻痺，也許明天一早醒來，這抑鬱的感覺，就會消散，就會重新開始了，面對他，或面對自己。

而明早還沒到來，所以需要更多。

酒吧裡上前搭訕的酒客，嘉子沒有拒絕，提出請自己喝酒的要求，搭訕的那些男人，都爽快的答應，這讓同桌的朋友們都很開心，能免費喝到更多的酒，多虧嘉子的緣故。

搭訕的男人們，三五成群地靠近，大夥聊成一塊，嬉鬧成一塊，有個男人，擠進了包廂座位，選了嘉子旁邊的位子坐了下來，靠近嘉子的耳際說著，我來陪妳喝，邊把手給擺上了嘉子的肩。

嘉子只是笑了笑，沒有回應太多，拿起了高腳杯繼續喝著各種的酒。

但那眼神迷離，一不注意就會勾人魂魄的光，嘉子太醉了，理性在這一局，沒有勝利。

凌晨快兩點鐘，最後結帳離開，嘉子同那剛剛才認識的男人上了車，這時的她，眼前是她預期之中或更甚的模糊，她試探性地往心裡去尋，想知道自己還能不能感覺到那些煩躁和傷心。

沒有，感覺不到那些負面的情緒了，只有想吐噁心，和大腦漲暈的不適感。

當她再醒來，她沒有忘記什麼，她知道自己在哪，在某個陌生男人的床上，那男人在自己身後，還在夢裡，她不打算把他喚醒，她找到了自己的衣物和包包，起身就要離開。

早上八點二十分，週六，手機快沒電了，螢幕上顯示了快三十則通知，都來自男朋友，問著到家了沒，問著是不是還在生氣，求著快點回覆訊息，他很擔心。

嘉子的心情，安定了很多，她走出那個陌生男人的住處，招了輛計程車，上車之後，用著僅存的手機電量回覆了男朋友：「抱歉讓你擔心了，但我剛從床上醒來，哈哈」。

像是在談論著我會如何死去

又問了一次，
我們沒有結束對話，
問著能不能愛我，
像是在談論我會如何死去。

我知道今晚以後，
不會結束，
不管是追求，
或像生活裡的那些情愫，
只是中途說破了什麼，
把囤積的都流入水溝排向大海，
曖昧都流掉了，
不能迂迴行事了，

我正面的攻擊占據搶奪，
而妳想著辦法，
以最溫柔的方式殺死我。

我會如何死去，
明知會死去，
但我享受在這樣的晚上，
和妳談論如何死去，
想像著妳其實也很在意。

你一直都很幽默，一直都是這麼表現的，在所有人的面前，面對生活、面對愛情、面對悲傷、面對不得不卑微的情況、面對自己都不認得自己的時候。

按照慣例的，在週五晚上，朋友們一起吃的晚餐結束之後，已經是十點多，你送她回家，車上一直都有兩頂安全帽，一頂白色舊的、一頂亮粉紅新的，新的那頂是最近才換的，因為她想要，所以就買了，你們在一起過，但分手已經是一年前的事情了，可你依舊如此，她說什麼你做什麼，也不是沒有抵抗過，但也僅僅出現在兄弟們拿來當玩笑開的時候。

你已經計畫了很久，你想和她復合，這也不是第一次了，只是像國父革命那樣，尚未成功，而你也開始習慣了，心底早就說服自己，其實這樣也不錯吧，她應該也不會消失，會一直在你的生活裡，會一直坐上週五晚上送她回家的機車，亮粉紅的新安全帽，總有一天會她被用舊的。

到了她家樓下，離學校不遠的地方，她下車，安全帽她自己帶也自己脫，那是在細節裡用暗語對話的方式，她依舊想保持距離，但這些沒有真正意義上的保持距離，你找了理由拖住了她，還買了飲料說想小聊一下，隨意在街邊靠著坐著，你開始了在心底排練過不下百次的戰術策略台詞動作情意和眼神，可不可以復合，在所有理由原因狀態心情收束成這句話的時候，她和上次一樣，沉默了，但也不過不到五分鐘的時間，可以說是熟練且小心翼翼地回答著，其實你也搞不清楚她是擔心傷著了你，還是怕破壞了這份互相默認的供給關係，這一次的革命依舊宣告失敗，你笑了，但比上一次更加坦然。

其實你早就知道這一切會如此發生，甚至不用特別提醒自己，連知道都不是。

那是一種自然的狀態或現象，像呼吸和脈搏，像太陽和月亮，而你此刻想著，大不了就是回到原點，重來一遍，也許這些日子累積的曖昧，都還不夠，是自己太急於成功，無憑無據的想像自己快到終點的笨蛋。

目送她，她的身影依舊很美，無論告白才剛剛被她拒絕，你在她快消失在轉角以前，喊住了她，她轉身，你只是微笑，再一次揮了揮手，沒有說話，也許是想讓她知道你沒事，示意要她不用擔心，而她在想些什麼，最後不會有人知道，她消失在轉角，社區的歐式鐵門緩緩闔上，鐵門和鐵架緩緩相撞發出來的聲音，是每一次送她安全回家能聽到最後的聲音，像是把什麼給關了起來。

你沒有急著去哪，機車依舊停在路邊，你點起一根菸抽，這時有朋友來電話，也許是週五深夜想找你一起出去哪裡廝混的邀約，你沒有接，你把它轉為靜音，菸草燃燒，吸到肺部最深的肺泡，交換了二氧化碳吐出，放鬆的姿態仰望，那天晚上沒有月亮，只有沿著車道綿延城市的路燈，你想像自己是其中一盞，只不過暫時熄滅了。

回過神來已經第二根菸了，凌晨十二點，手機裡的訊息累積了十幾條來自其他朋友，沒有一條來自她，轉身坐上機車正要發動，才發現眼角原來濕潤著。

民權大橋

累了嗎，
我這就載妳回家，
抱緊我了嗎，
我這就帶妳回去，

這座大橋，
很寬很長，
妳下班時總還能看見夕陽，
我會把車慢下來，
讓妳能多望望，
讓妳的一天，
能結束在這夕陽餘暉之下，

這座大橋，
很寬很長，
之後的我，
沒有機會再回到那，
沒有妳，
我也回不到那，

這座大橋，
會越來越遠，
會越來越長，
而我，
不會再見到妳，
還有那種夕陽。

我把車停在妳們公司的後門，晚上六點左右的時間，天還亮著，但正漸漸轉成餘暉的紅，這裡是政府規劃過的地區，都是商辦大樓，平日能在路上見到的，幾乎都是上班族，假日路上的人會更少。

我在等妳下班，要接妳去吃晚飯，之後就回我們的家，那時候的家，是我們倆合租的套房，離市中心很遠很遠，要從妳的公司回到那，需要四十分鐘左右的車程，那時候的我，還沒開始寫作，在咖啡廳打工，而妳是朝九晚五，生活規律的上班族。

畢業之前就有這種任性的憧憬了，未來就這麼住在一起吧，花少少的錢，但兩個人相處在一起，互相照顧著，簡單的活著，慢慢相愛，慢慢變老。

每天都是這樣，我很享受，享受等妳的感覺，我清楚妳工作的辛苦，剛出社會的年輕人，能進到一家有頭有臉的大公司工作，好勝心強的妳，總是說著，要吸收很多很多的經驗，之後變成更厲害的人，就妳這種個性，光想就能知道，妳會盡量吃著苦也沒關係的努力著，我心疼，所以很享受在妳下班之後，離開那灰黑色的大樓，能第一個見到的，就是我，我都會那樣抱著妳，說著辛苦了，今天晚上想吃點什麼？

幫妳戴上安全帽，把車傾斜，好方便讓妳從左邊坐上來，我會要妳抱好我，之後出發，第一個左轉，會有便利商店，之後右轉，加油站，待轉區等紅燈，上民權大橋，那座很寬很長的大橋，總是乘滿了汽機車，乘滿了忙碌的人，都要從這頭過去，都要從另一頭過來，整座臺北市，就是這麼運行的。

幸運的話，我們還能見到夕陽，在大橋右手邊的遠方，向晚的紅光，刺穿臺北上空的雲，輕輕落在整座城市比較高的那些屋頂，我會把車速放慢，讓妳伸手去摸，讓妳放眼去看，我會在這種時候，要妳抱我抱得更緊，我能聞到妳的香味，我能聽見妳說著夕陽有多美，而我滿足，覺得自己足夠幸福。

我們都對未來寄託了很多，但最後還是分開了，距離分開也好一陣子了。

我沒什麼機會再回到那裡，那些商辦大樓林立的街區，那個轉角加油站，那個擁擠的機車待轉區，那座大橋，那片被夕陽染紅的天空。

之後的我，時常會夢到那座大橋，也會夢到臺北市庸庸碌碌的一切，我會夢見灰黑色的大樓，我會夢見我自己，但在夢裡那些不斷跳躍的場景裡，不曾有妳，也許是

時間太久了吧，我早就不那麼眷戀了。

妳的生活，都還好嗎？和以往的軌跡相同嗎？還是一樣的忙碌嗎？還是在那裡上班嗎？如果哪天我突然很想見妳，在同樣的時間，同樣的地點，我能再見到妳嗎？

如果我真的再次出現，妳會是什麼樣的心情。

還是說，妳的生活，也早就有了很多不同？早就辭掉那份妳不斷埋怨著累的工作，早就離開了那間公司，早就擦掉了那些，也許是我唯一能再找到妳的線索。

夢裡的大橋，和記憶裡的一樣，一樣乘滿了汽機車，一樣乘滿了忙碌的人，而那些，都要從這頭過去，而那也，都要從另一頭過來。

錯身

種子入錯了花期，
是情人，
未曾開始，
就結束的原因，

也許我們，
會很美，
我們也許，
會是玫瑰，

但我們錯身而過，
明白心意之前，
可綻放的花或煙火，
都只能，
收束成兩朵微笑，
消散成兩片背影，
對開之後，
帶失落遠行。

日子裡，有時會突然地出現那種人。

難得，不常見的。

特別的人。

是一種難以言喻的特別，還沒真正接觸，只是在眼光交會時，會不經意的暫留。

是只要，就著幾個瞬間，就能明顯察覺出的某種氣味。

她不一樣，會有這樣的字句浮現在腦海中。

不是與眾人的不一樣，而是一種相對存在的關係，是之於我，她特別醒目，是能在人群的灰白色背景裡跳出來的人，在我眼裡呈現彩色，資訊雖然不足，卻能認定，而草草認定了些什麼，其實自己也不大清楚。

但可以更貼切的說，是一種，我應該會喜歡上她的預感。

珊就是這樣的人。

在一次大夥約了一起唱歌的聚會上，我認識了她，在朋友的介紹下。

她小我三歲，那時的我大四，而她才剛入學沒多久。

因為包廂裡的音樂太大聲，我湊近她的耳邊問著，那我該怎麼叫妳？

珊，這樣就可以了，她簡短的說。

我能注意到她特別黑的短髮，應該是才剛染過，還有她大大的眼睛，若是目光一銳利，就會很有氣勢的那種女人。

也許是來自那份預感，本能的想驗證自己，驗證自己的那份直覺是否準確。

而我先起了頭，主動留了聯絡方式，在之後的日子，我們時常透過手機簡訊聊天、聊電影、聊音樂、聊學校生活，我分享自己的想法和經驗，她傾訴她對未來的憧憬和野心，自然而然的，我們習慣對方的存在。

對我們來說，那是不長，也不怎麼短的，三、四個月的時間。

之後的我，畢業了，那時以學生的身分互相道別，我們擁抱，她祝福，而我說著會再回來找她。

光陰飛逝，一年兩年的過去，我們漸漸少了聯繫，我知道不能什麼都怪罪於時間和距離，但現實好似叫停了我和她之間的什麼，就這麼還沒真正開始，就淡淡寫下了結局，沒有轟轟烈烈，就是，清清淡淡的，之後默默記住了這個人，特別的人。

記憶裡，聽聞過珊交了男朋友，也是個大她幾歲的男人，之後分手了嗎？

對現在的我來說，不重要了吧。

她會知道我曾經偷偷喜歡著她嗎？可能。

但對現在的我來說，不重要了吧。

人生裡，還未曾有過大江大浪或滿天星辰，沒有太壯烈的歷史，沒有真正死而無憾的悲愴，但也許因為她，或可以說，那不經意的駐足，之後錯身而過，讓我得以又成熟了點，是他們口中的長大吧。

輕輕而過，一陣花香似的，人生還太稚嫩時，都不懂得好好把握。

而待自己懂了些什麼，又默默心想，也許最美好的，就是那些生命裡的短暫錯過。

夜幕將至

漫長難耐的汙煙，
在週五傍晚消散化開，
如果我們都在這牢籠裡，
那就讓我們共度歡愉，

那一切，
是模糊的如此討喜，
那一切，
屏蔽了現實枯燥，
粉上了紫金的邊，

反正我們不過只是編號，
躁動時捨棄稱呼，
都只是剛好而已，

今晚漫長的讓人陶醉，
明早等著的，
會是太過清醒的空虛，

空虛，
是夜幕將至的癮，
使人不斷走向無明而去。

凌晨快三點了，我和朋友坐在忠孝東路的水泥樹座邊上，兩個男人，都點著香菸抽著，我們剛從一家夜店出來，這個晚上，我們總共光顧了三家夜店，兩間酒吧，真是個荒唐的星期五晚上。

是因為朋友的朋友的關係，他公司裡的同事，是個看不出年紀和我們相當的女人，如果不說，我會以為她至少三十有五，但不是那種因為年紀而漸漸散失外表魅力的女性，而那種魅力和氣息，不是會讓人覺得攀附不起的，反而是容易讓人心動的，而我會形容那是危險的。

那女人認識店家的公關，我和朋友深感佩服，年紀輕輕，竟然就能在台北市的夜生活裡，有著如此悠遊的人脈，靠著她的關係，晚上所有花費都免了，入場費不用，認她的臉就行，酒水的錢不用，那些想靠近她的男人，自然會請我們喝酒。

其實在第一間夜店的時候，朋友就喝得差不多了，走路左搖右晃的，還好他的租屋處離這不遠，免得我還要擔心他回不回得了家。

他的酒量一直都如此，但意志力驚人，抓著我說今晚要喝個痛快，今天會有這聚會，也是他促成的，出發前就聽了他大肆抱怨著工作有多不順，他在一家做國外家電代理的公司上班，就職至今也兩年多了，他說了一堆我聽不懂的商業文字和企業潛規則，埋怨主管總是給他雜事做，埋怨工作環境不佳，他埋怨同事間相處不和睦，我和他認識太久了，從小到大，已經是家人那樣的關係了吧，我知道不用給他太多安慰，他也不會想要的。

就這麼陪著他，在這深夜依舊明亮繁華的台北市，一下夜店一下酒吧的走著晃著，一杯又一杯的喝，重低音的音樂，昏暗的室內擁擠，那些過了頭的香水味，一張又一張需要狂歡和放肆的年輕臉龐，那就足夠安慰他了吧，甚至足夠安慰整座城市了吧，有多少被日常消磨的靈魂，需要這些無光之處徘徊，需要這些用酒精粉飾的夜晚喧鬧。

我沒想過會再遇見她，大學時期的女朋友，在第三間酒吧，我們在人群中對視，她和她一群朋友，有男有女，也許是現在的同事，也許是過去我來不及認識的她的老朋友們。

和我在一起的時候，是一頭黑色長髮，髮尾內側挑染著金色，分手之後，她把頭髮剪短了，剪到過耳的長度，一直留著短髮到了現在吧，也許是知道我喜歡短髮吧，又或者是那種我不曾了解的女人心態。

或許當時我也喝醉了吧，我忘了她很討厭我，因為當初是我對感情不忠而分手的，那之後的幾年，她總是告訴她周圍的朋友，或甚至我的朋友，我是個多糟糕的人，她也曾經親口對我說過，讓我不堪，是她最樂意做的。

但我就是直覺的認為，她那短暫與我對視的眼神，是要我朝她靠近，而我就這麼看著她，一邊將自己推擠著進入瘋狂的人群裡，橫越後，之後出現在離她身軀不到一步的距離。

她沒有說話，因為音樂太大聲了，還有人群的嘶吼，她沒有驚訝或其他表情，只是往前更加的靠近我，把臉慢慢湊近之後，不疾不徐的給了我一巴掌，她的右手，和我的左邊臉頰，我摸著臉頰忽然的不知所措，但又從不知所措轉為坦然的無所謂，

反正這是我欠她的，甚至有點被她逗樂了，竟然會就這麼賞我一巴掌，作為好久

不見的第一個招呼。

我笑了，她也是，看上去她也喝醉了，我扶住了她的腰，她把嘴湊到我耳邊問著，是想幹嘛？

我們接吻了，就在她問著想幹嘛的下個瞬間，就在她那巴掌的一兩分鐘之後。

那女人突然出現，那個朋友的朋友，不知何時，也許站在旁邊一陣子了，她找到了我，不管我一手還摟著她，那女人一邊拉著我一邊說著，我那個酒量差勁的朋友吐了，需要離開這兒了，要我趕快過去。

剛和我接吻的她，露出了一副，怎麼又是其他女人的表情，我來不及多說什麼，基本的寒暄或瞭解近況都沒有，我就被其他女人拉走了，我想她又會開始討厭我吧。

下了樓，見到我朋友，他坐在忠孝東路的水泥樹座上，地上是一大灘嘔吐物，我笑了笑問，今天有喝個痛快嗎？那女人幫他回答了，看上去夠痛快了。

那女人叫作子鈴，她遞了一根香菸給我，她自己也點起了一根，一邊對我問著剛

剛在我懷裡的女人是誰，我吐了一口煙回答，前女友。

也太巧了吧，鈴是這麼說的，接著問，我那樣拉走你，不用和她解釋什麼嗎？
好像也沒必要吧，又一次煙的吸吐，那是我最後說的話。

春雨未停

愛妳，
是五六月的天，
綿延不止的大雨，
下到了今晚，
都還沒有停，

手中的傘，
風一陣，
就飛遠了，
心上的妳，
四季輪轉，
還沒散去，

想念，
比起什麼都還傷神，
我沒等到晴朗，
我沒盼誰歸來，

雨裡依舊是我，
我的一切都在雨裡，
都在搖擺。

他會寫詩，一個暗戀著妳的男生，他把妳的名字藏進詩裡，很久很久之後，才被妳給發現。

幾個年頭的歲月過去，你們都還生活在台北市裡，當初分隔了兩地，妳也是近兩年才回台灣的，雖說手機裡都還有他的電話號碼，但妳沒有撥通過，另一頭也是如此，沒有來電響起。

而或許，他也早就忘記妳了，妳是這樣想的。

大雨的一天，九月時，陰晴轉變都會來的特別猛烈而難測，上午是微風徐徐的涼爽城市，三四點之後的台北，就被大雨占領了，沒讓誰來得及回神，淋濕了所有正忙碌或悠閒的人群，天空和地面都沒有擋住它。

妳找了個屋簷安身，在忠孝東路上，慶幸自己今天不用上班，也慶幸自己今天是一個人出門，遠遠看著百貨前和巷弄裡的人群，無不四散奔逃，妳點了根菸默默端詳著這個城市，在屋簷下，閒適而清淡的下午。

大雨就這麼一路向夜晚進攻，沒有絲毫撤退之意。

妳趁著幾回雨水沒有發現，一個又一個的屋簷躲藏，最終進了捷運站，那個台北市的地下世界，假日的人潮依舊亂竄著。

雨都要吞噬台北了，這些人怎麼還如此悠慢，妳心底打趣說著。

進站之後，月台在更深的地下，妳不急著趕赴下個地方或約會，事實是假日的晚上想獨自遊蕩在人群裡，妳緩緩地踏著步伐向電扶梯靠近。

突然的，有一對男女快步從妳身後超越，還好沒有撞著了妳，要不以妳的個性會叫住他們，討個道歉之類的，心底鬆了一小口氣。

他們沒走太遠，只是趕捷運的人吧，看上去不是情侶，沒有親暱的香味，沒有牽手，兩人沒有太多談笑，也許是同事，還在腦裡胡亂思考保持大腦活動力時，撇見那男的，僅僅只是側臉，僅僅是一絲絲的熟悉，妳就已經肯定了，是他，那個很久沒有聯絡的男生。

但他們上了捷運，而妳悠慢的沒能趕上，妳心想，這也不是偶像劇，妳沒必要配合演出的狂奔出現，就算真的出現在他眼前，要不那女的是他女友，會假裝認不出自己，要不就是他壓根早就忘記了自己，還禮貌地詢問，請問是？

週六晚總是特別特別地憂鬱，因為明天就是週日了，是週末的尾聲，要回去上班了，上班族的逃避心理讓妳在週六晚總是特別特別的晚睡，九點多到家的，拖拖拉拉到十二點半才盥洗，之後是趴在床上滑著手機，滑著沒有營養的且大量的媒體娛樂資訊，都沒問過眼睛受不受得了那樣，就只是不想今天就這麼結束，還不想睡。

凌晨三點了。

睡意遲遲不來，妳正想起今天在捷運站的事，遇見那男生的事，一條簡訊忽然跳了出來，一條簡單的問句，「今天在捷運站的是妳嗎？」

是他？有點疑惑卻又十分把握似的。

「是吧，你說的是忠孝復興嗎？我今天在那也看見一個很像你的人。」妳回覆。

「就知道是妳，但那時我和朋友正趕著去一個飯局，就沒停下來找妳了，抱歉。」

「抱歉什麼，我那時也正要去其他地方呢。」

「妳何時回台灣的？」

「早就回來快兩年了。」

「是這樣啊，一切都好嗎？」

……

聊到都快天亮了，兩個人默契十足的沒提到該睡了之類的話，都想繼續聊吧。不知道是何時睡著的，醒來的時候都已經下午了，但妳記得他在手機的訊息裡有說到，該找個時間吃飯才是，也是，惦記著太久，能一起吃個飯會很好的。

他沒把我給忘記，心底默默。

他的詩，我想告訴他，他的詩，在之後的好久，我終於看懂了，真想告訴他，沒被他忘記，真的是一件很開心的事情。

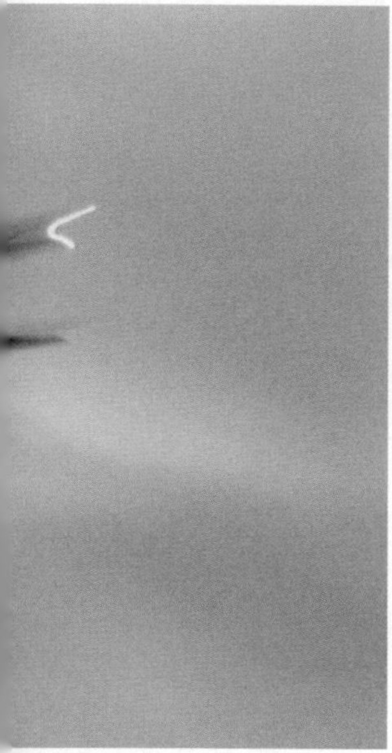

對坐

妳要去的遠方，
那裡沒有我，
就和長大一樣，
我們懂事了很多，

不用說抱歉的對象，
可愛的我們，
美得像初春的泥，
滋養了無數芬芳，
之後像和風道別，
將可貴的都安放，

我的想念，
會和妳的想念一樣，
對坐於此，
微笑都回給了自己，

謝謝曾經愛過的我們，
謝謝悲歡合鳴的過去，
之後是現在，
最後是未來。

我們約了見面，交往過四年多的前女友，初戀女友。

見面的原因，是她因為工作的關係，沒幾天就要離開台灣了，會是一段很長很長的時間。

分手至今是六年，從悲傷的關係到不聯絡的關係，我們都走過，而最後是現在，二人如老友如家人如遠在他鄉的至親，在那交往的四年多裡，共同克服過太多，共同快樂和悲哀過太多，那些像是被時光瀝了個乾淨，都留下了好的，我們也都懂了，真正的放下，莫過於此刻餐廳裡的我們。

選了間連鎖的迴轉壽司店，是年輕時的我們最喜歡的，相隔一張桌子，面對面坐了下來。

「好餓啊，一整天沒吃什麼就等這一餐。」

「幫我拿鮭魚，還有那個炙燒鮭魚肚，謝謝你。」

「喝茶嗎？」

「好啊。」默契的幾句話之後，桌上擺好了醬料和筷子，一小碟的生薑，和一堆鮭魚握壽司。

也許各自生活的這六年，不算太長吧，二人的習慣都沒人忘記，喜歡的偏好的，那些瑣碎的，都還在記憶裡，我們都沒什麼變嘛，心底能因此感覺到安心。

「所以是去那做什麼？」我問。

「做老師，教小小孩，數學英文之類的。」

「那怎麼不待在台灣呢？」

「那裡的薪水好啊，而且想去闖闖。」

「也是，妳一直都很想去國外看看，現在終於有機會實現了，真棒，不像我，像個無頭蒼蠅。」

「你沒問題的啦，一向如此，我不擔心你。」她說。

很久沒聽到她的聲音了，現在聽到，著實讓我想起了很多，她一直都是那麼溫柔體貼，比我成熟很多的女人，而明明比我成熟很多，卻可以在那些我幼稚的時刻支持著我，就像是深信著我能辦到任何事情那樣。

還不得不承認，如果生命裡沒有了她，現在這個我，一定凹凸不平的，瘦弱而輕浮。

謝謝妳出現過，後來的後來，也沒走。

我們就像把所有舊都敘了個遍，平常太少聯繫，那些感情上的事，工作上的事，家裡人，她家的兩隻貓，和我家的兩隻狗，都還過得去，生活不就是如此嗎。

「放下這裡的所有，去到人生地不熟的地方重新開始，妳準備好了嗎？」

「沒有準備好過吧。」帶著微笑，她說。

「也是，沒什麼是能真的準備好的，看來妳的心態準備好了。」講完我也笑了。

能再次像這樣對坐於迴轉壽司店裡，簡單地談著明天，我想我們都很滿足吧，就算有再多心底的話沒來得及說完，沒說的也都能由衷領過了吧。

相信她一切都會很順利的，而我也會，像以前一樣，看著她努力，我也不會怠慢的，不讓對方失望，年輕時就答應過的。

走出餐廳，她從包裡拿出了兩罐咖啡粉。

「知道你一直都有喝咖啡的習慣，這是最近公司同事介紹的，我喝過算好喝的，送你囉。」

「要送禮物不早點和我說，我什麼都沒帶呢。」尷尬的笑容。

「你送了啊，我後天就離開了，你這算送行啊。」

我們都微笑著。

正要離開，我上前擁抱了她，嘴邊沒道出太多，就只是說著「要好好照顧自己喔。」

「你也是。」她在我耳邊回應道。

芭雷舞鞋

窒息的旋轉，
窒息的跳躍，
窒息的身姿，
窒息的完美，

窒息的展臂彎腰，
窒息的闔眼陶醉，
窒息的舞者，
窒息的芭雷舞鞋，

他們會在表演結束之後鼓掌，
表演會在表演結束之後上演，
舞者活在台上，
愛上舞者的人，
活在享受窒息。

你愛上了她，穿著天鵝絨高領上衣的女人，那雙白皙的長腿，最末端是一雙格紋及踝的靴。

她不喜歡你的髮型，總說著街邊的平價理髮不符合理髮的定義，只不過是把毛髮減少而已，她會幫你買衣服，幫你挑選好的質料，好的設計，好的價錢，她也會決定約會的方式，地點，她喜歡拍照，拍自己，有時會有你。

她在人多的時候，特別安靜，她享受做一個淑女的樣子，她習慣了那種氣息，她細心照顧著，精準控制著，那份她眼裡，最吸引人的女人模樣。

很多人都能為她奉上真心，你很榮幸能成為此刻待在她身邊的男人，你喜歡她為你勾勒的生活，愛情也是。

你曾聽誰說過，讓自己變好的人，就是對的人，像是順口的廣告台詞或競選標語，而你銘記在心。

那雙素面的牛津鞋，是某一年生日她送你的，你不小心把鞋頭的邊給弄髒了，是突然下起的大雨，她叮嚀過，壞天氣別穿出門，但那讓你猝不及防，沾了柏油路面被雨水沖刷而堆積的泥。

她很生氣，在你踏進家門前，她已經不開心了，坐在客廳的老式沙發上，在等你出現在她面前似的，她責備你為什麼要把那牛津鞋穿出門，應該在這幾天，陰晴不定的日子，選擇被弄髒了也沒關係的鞋。

她看見你因為大雨而淋濕的襯衫，責備的語氣更不耐煩了，她不帶一點表情的說，怎麼總是這樣那樣，怎麼總是沒辦法得體。

素面沾有灰泥的牛津鞋，之後沒有誰去清洗，它被擺進鞋櫃的深處，就這麼淋了一次大雨，就被打進冷宮。

她是擅長使用社群軟體的女人，在那上頭，都是好看有質感的照片，有很多的美食，照片裡都很精緻的樣子，有時是她的獨照，你拍的，是背對著鏡頭面向夕陽或海灣的照片，或手端著甜品或花的照片，有時只是風景，可以用來形容心情的風景，心情不好，放的是夜晚的照片，心情好，是藍天白雲。

很少會出現你，你負責拍照，你知道她喜歡把自己經營的漂漂亮亮，你也喜歡她總是完美無瑕，都是粉色的濾鏡，都是蛋糕的甜味香氣，這是你喜歡她的理由。

完美的，總是要再而三的調整，總是要輕輕的呵護每一寸皮膚，要掌控好光，要掌控好呼吸，微笑的時候，只露出上排八顆牙齒。

也許這樣迷戀著，眼前穿著時髦且高貴的女人，你也嚮往吧，你也想成為那樣充滿氣息的人，雖然不曾知曉，自己該屬於怎樣的氣息。

但會是個辦法，當你愛上她之前，就認定這會是個辦法，你總有一天能成為不管內心或外在，都與她般配的男人。

反正應該也不是太困難吧，再買一雙牛津鞋吧，這次買有雕花的，去精心維持瀏海的角度，去找些能提升自己品味的餐廳，還有質感的手錶，不難吧。

反正死都不會忘記

左側腹上，
關於愛情的刺青，
右邊耳後，
關於香水的祕密，

那個人，
那些事，
都成了生命裡，
擦也擦不掉的烙印，
燙上去，
因高溫產生的皺褶，
將被他們不斷問起，
而被你，
不斷遮蔽，

好的，
都越陳越香了，
壞的，
死也不會忘記。

itai
一太衛浴

你坐在立牌上寫著女方大學同學的那桌，是一身淺藍色的西裝，沒有領帶，隨著賓客們的目光，一起轉向會場後方的大門，有一剎那，你無比希望那扇門，不要被誰推開，不要有妳，從那大大的囍字後面走出來。

腦中只有一個思緒是清楚的，只有一個畫面在無數複雜的跳轉中停留住，不願意。

但你知道，此刻誰的不願意，都不可行。

她披上婚紗了，背面鏤空，裙擺至蕾絲長裙的最末端，繡上一朵朵純白色玫瑰的幸福模樣，美極了。

賓客們，還有和你同桌的大學同學們，都在鼓掌，迎接新娘，她緩慢地走向舞台，在眾人注目之下，動人的畫面，他們頻頻拭淚。

而你微笑，直到她真正的經過你的面前，確保她背對了你，不會再回頭時，眼淚才鬆懈，你讓眼淚打轉著沒有落下，你努力扮演著，此刻該有的樣子。

他會對妳很好的，心底竟然出現了這句話，突然覺得自己有那麼一點不爭氣又矛盾，這也許是婚禮的魔力吧，一切都讓人覺得神聖，領著你，誠心的祝福他們。

她還是很美，在交換戒指時，笑容是飽滿的，沾了點蜂蜜。

你坐的地方，離她太遠，也許近一點，能聽見他們的心跳聲，能感覺到，新郎和新娘，那柔軟的溫度。

他們一桌一桌的敬酒致謝，謝謝各位蒞臨這場婚禮，來自各地的親朋好友，重要的人們，和這重要的時刻。

來到了大學同學這一桌，劈哩啪啦的祝福，她抱著老同學們哭了，你對著新郎說，你是個幸運的男人，主動向他舉杯致意，也許她有看見，也許她默默想避開你，而你也知道，只是不重要了。

此刻以前的所有，在此刻之後，會都不重要了，對她來說。

桌上的菜都吃得差不多了，紅酒沒有停過，同學們也很久沒相聚了，多虧這場婚禮，大夥盡說著關於她的事，關於這場婚禮，關於誰的戀情也許過不了多久，也會步入禮堂。

都是關於幸福的話。

而你把自己，藏在那些紛飛的幸福當中，把自己，藏在他們的交談，他們的情

緒，和這會場紅通通的佈置裡，你隱匿，沒讓任何人發現。

喝醉之後，新郎和新娘早已經在門口準備送客拍照，你雙眼迷離的向前靠近她，是今晚，或今後，唯一且僅存的機會了吧，借酒似癲的，沒人會跟你計較，你心中這樣盤算著。

她的眼神，是一種警告，我結婚了。

而你看懂了她，笑出聲來，伸手往她胸前捧著的喜糖，抓了一大把，那代表祝福的喜糖，說著，我也要沾沾喜氣啊。

沒有拍照，隨即和其他大學同學們離開了。

你看懂了她，她有了自己的幸福了，你為她開心，就算再不願意。

她是你過去深愛的人，一起談論過未來，今晚的一切，都曾出現在你們的計畫裡，但結束終究是結束，而你終究沒有再出現在計畫中，你知道，今後，那些深刻的回憶，也許都會漸漸被她忘記，或不再提及，但你，可能死也不會忘記。

我過得很好

領著可以過活的薪水，
上班不常遲到，
隨人們笑，
隨人們憤怒，

不會讓自己餓著，
還是最喜歡咖喱飯，
會和他們一起過節，
新年快樂，
聖誕節快樂，

我過得很好，
希望妳會知道，

一個人像水，
一群人像火柴，
可以讓自己凝結，
可以隨他們燃燒，

可以快樂，
可以因爲想起什麼而懷念，
懷念十年，
懷念十年之間，
懷念妳，
懷念妳的轉身，

我過得很好，
希望妳最後能知道。

下班已經是八點半，走出公司全身鬆了一陣，肩膀到小腿至腳趾，鼻子吸了一大口氣，從口腔吐出，最近很忙，很多同事也都加班了，都疲憊著，只要能離開的人，都是一溜煙就消失。

沉沉的、重重的、悶悶的，忙碌的上班族，一整天待在電腦前面，會讓頭髮糾結還有油膩起來，是噩夢，每一天都是充實過頭的噩夢，夢久了，也就習慣了。

公司的正門已經關閉了，只有後門的保全是二十四小時輪班的，從那離開，走出去左轉，不遠就是公車站，現在的時段，十五分鐘會有一台。

如果不左轉，往右邊望過去，會是一棟又一棟的商辦大樓，入夜之後，這裡不會再有無關緊要的行人，車子也少，停留在這的，都是加班的人，或是來這等人的，而那邊，也是你以前等我下班的地方，你會把車停在右邊的路旁，點一根菸等我，如果我還沒下班，你就點第二根。

一年，整整一年，又要準備入秋，是去年這時候分手的。

曾經聽過電影裡或書裡，或也許我夢見，有人這麼說過，憂傷的想念，是長長的時間慢慢堆積而來的，一年的時間很短，那也許我的想念你，也很淺薄吧。

我想念你，真的很想你，而這樣深刻，對於無限的時間，是如此淺薄的，稱不上什麼傷痛，顏色是淺藍，不是接近深黑的心情。

有個男人在追求我，我沒讓那距離太快地縮短，經歷過和你的慘痛教訓，來得快的，去也亦然，而那太不成熟，幼稚的不值一提，所以連帶而來的思念，也幼稚。

有時會和那男人出去約會，一些簡單的餐廳，今年夏天的七夕情人節，他還送了我花，是永生花，一朵被暫時鎖進美麗裡的花，用質感的黑色盒子包裝著，和你送過的一樣，我討厭這種巧合，原因是會讓我想起你，會讓我覺得可怕，會讓我覺得你陰魂不散，我盡量的避免，避免再有巧合發生，也避免關於你的想法一再出現，一直想念一個人，會讓我覺得自己很脆弱，你也知道的，我不習慣那樣。

也許我真的後悔過吧，後悔當初是我提的分手，而現在這些對你的想念，如果你知道了，定會邪笑輕視著說，活該，為什麼要浪費你，你一定會這樣想吧，是吧。

但好像也沒想過復合，我們都正各自生活，也許你也振作起來了，聽他們說，你沒有離開那份音樂公司的工作，你還幫歌手寫詞，以你的個性，如果還在一起，又會抱著我說，等你功成名就，要把我娶回家，這樣的話，不知道聽過幾次了，幼稚的話，只有你這種笨蛋會說了吧。

公司的人是很後來才知道我們分手的，我沒有特別去說，也沒人問過我，只因為他們看見其他男人靠近我，才私底下議論著，我不得不澄清，我不是什麼會周旋於多名男子間的蛇蠍女人。

我來不及問你，我一直很想問，只不過後來我們太不堪了，你說不要再聯絡，我也不想厚著臉皮去問。

我想知道，你常帶來給我作午餐的咖喱飯，是在哪裡買的，每次中午離開公司到處尋覓，都找不到，連相似的味道都沒有找到，你是在哪裡買的，我好想再吃一次。

每次想到，都會更加深我想再吃一次的想法，是一種口腹之慾無法被滿足的渴望感，我想知道，不，越來越接近，我必須知道。

如果你能告訴我，也許我就會不那麼想你了，我能不只是餵飽自己，我能偷偷回到我想回到的過去，想像自己還擁有什麼，就算只是簡單的咖喱飯，我也能好好享受那種味道。

回頭望了一萬遍

我所知道的青春，
是我回頭望了一萬遍，
卻沒有一次喊住了誰，
而另一頭的你也是。

像那些沙子，
在風中不斷向遠方推送，
之後沉澱，
之後堆積，
落定在時間的頓點裡。

而回過神來，
成長的痕跡已被風沙模糊，

何時來到此，
何時幾光陰，
再沒被想起，
也再沒被深究，
只有那些還依稀記得，
刻滿壯志的玩笑，
痴嗔瘋狂的愛戀，
還以片段循環回放，
在每每夜深人靜，
在每每杯盤狼藉。

幾年了，大家上次見面是多久以前了，約了台北吃飯，意思意思在各自有空的時間出現，下班的，路過台北要拜訪客戶的，沒能準時的還在路上，打來電話說著你們先吃，還有突然有事根本沒出現的，之後話題都是工作，都是現在，沒人敢提過去，或是有意無意的避開。

有浪漫的理由，是會陷進去，聚會完會空虛，有理性的理由，是會陷進去，聊太久走不掉，等等還有事情要忙。

不禁會想，像這樣成年以後的聚會，應該不管再有幾次，不管再隆重或再深刻，也都沒辦法帶我們回去吧，帶我們真的回到那裡，我們都懷念的地方，或真的回到當初那些人的身旁，因為我們都不一樣了，在各自分開之後，因孤獨而加速，因陌生而漫長的生活，都各自上路，各自得到傷痛而成長了吧，人要長大，還真是快呢。

可能吧，就算內心深處還有某些原貌存在，但成長就是這麼一回事，成長要我們把原貌都藏起來，藏在只有自己或少數人能得知的空間，成長要我們習慣不去搔弄回憶，成長要我們直直向前，或說是時間，狠狠的把我們都定在此刻，就算回頭，回頭大喊一萬遍，聲嘶力竭了，也永遠喊不住誰，喊不回誰，任一個曾經出現在我人生裡的靈魂，都在這時間的大雨裡成直線加速，之後墜地消散，再濃的思意，都將越來越遠，但卻隱隱悲傷的永遠存在。

飯局結束，還是會期待，當然還是會期待下次再見，這是靈魂已經結成網狀的證明，還是會期待未來，雖然永遠都無法預測，但我相信我們都還會再見，都還會再相遇，還是會有這樣的飯局，能讓我們互相安慰，拍拍對方的肩，無聲裡悼念歲月，之後再回去自己的日常裡，繼續對付那不曾憐憫過我們的時間。

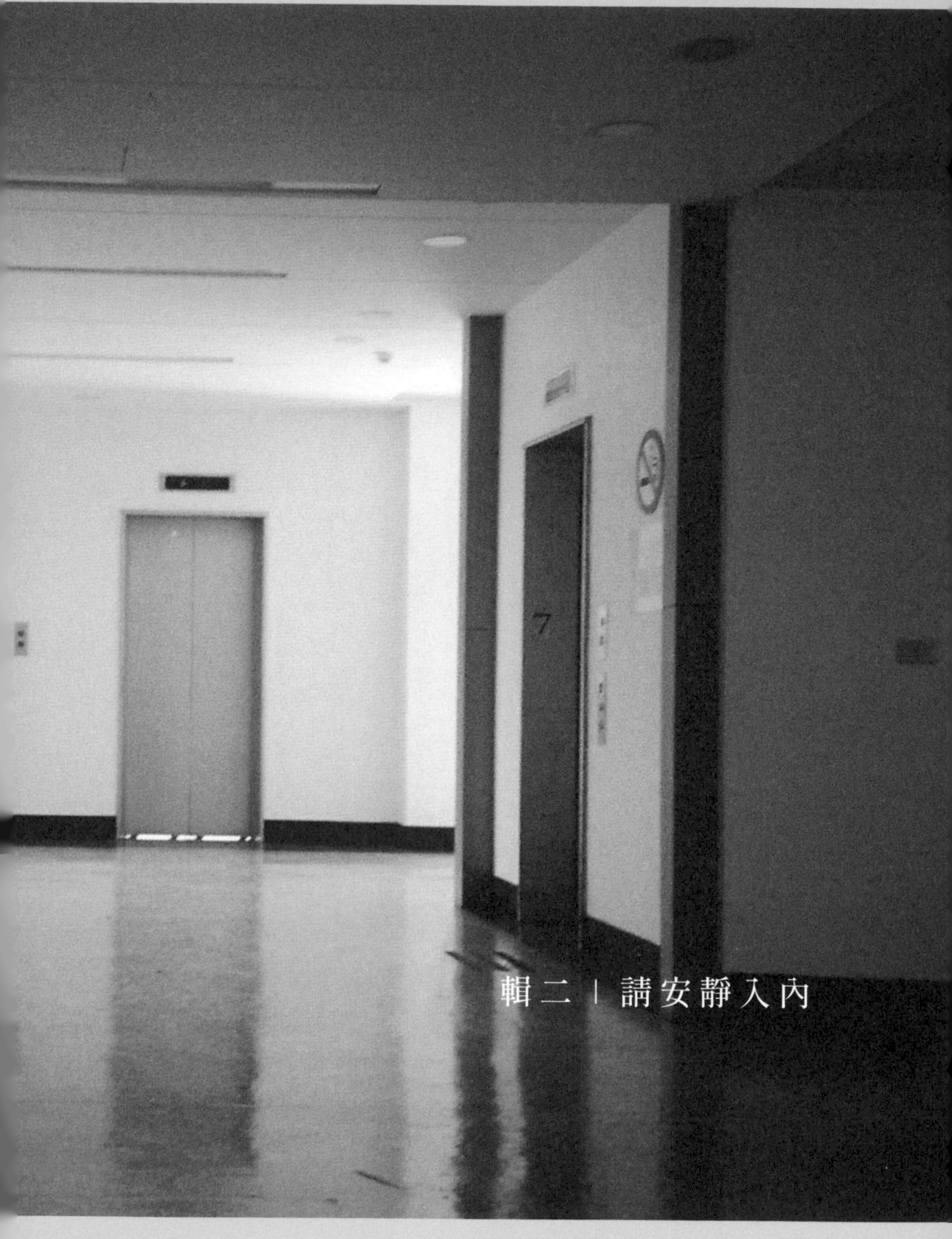

輯二｜請安靜入內

'98 8 18

入內後，請安靜

思緒三三兩兩，
在窗戶闔上時，
隨冷風瞬息而止，
隨雨水渺渺落定，

此刻和我無關，
人們的征戰和殺戮，
世界的灰煙和光明，
此刻和我無關，
我也和我無關，

別在我眼前綻放，
煙火和明天，

別在我耳邊凋零，
愛情或思念，
別在身後拖曳的很長，
認同的眼神和孤獨，

入內後，
請安靜，
我要海水都停下來，
甚至乾涸，
我要港口不再有船隻，
甚至末日，

入內後，
請剩下自己。

深吸一口氣，之後用最緩慢的方式，吐。

沒用，因為這城市的街道上都是黑或白的車輛，號誌不停的轉變，人心似的。

沒用，咖啡廳裡的情侶正在冷戰，短短幾句交談都是撕裂傷，兩人不動手的殘殺對方，明知道對方不會就此倒下，所以才繼續如此吧。

沒用，帶了香菸沒帶打火機，街上的路人都戒了菸，只有我在吸煙區駐足，垃圾桶上滿滿的煙蒂，來自幾小時前的陌生人，而他早就走遠了。

規模越來越大，關於生活裡的焦躁不安，先是下了車一步拖著一步，殘喘著身軀回家的人，後來是整個週日傍晚，都蔓延著悲傷氣息的住宅區，每一個人都在厭惡明天。

喧囂吵雜的規模，從外而內的，侵蝕著我，和我對未來滿懷期待的靈魂。

浴室裡，習慣洗特別熱的水，沐浴期間不容許隨意關閉蓮蓬頭的水源，必須讓淅淅的水聲不斷因拍打地面而迴盪在這四坪左右空間，我需要被屏蔽，屏蔽在晚間焦慮越發敏感的思緒之外，我要安靜下來，否則就沒了勇氣入睡，甚至繼續醒來。

手機屏幕，幫兇，紛擾和焦慮的幫兇，它又搶又偷的將我帶走，帶進虛擬世界裡，告訴我該相信什麼，因為人們都相信，像那些美的人或照片，像那些驚心動魄的場景或意外，新聞都浸過染料，價值都吹過人造風。

當然了，我會驚醒，在斑斕資訊快速攻進腦袋良久之後，都嚇傻了，原來已經凌晨三點了，是三點半，是再三十分鐘就要四點的，此刻又陷入睡眠的論證當中，為何人類需要睡眠，為何大腦程式設定的當初就是如此，何必需要時間，時間是誰創造的，為了什麼而創造，我是否被困住了，是的，我被困在這裡。

為了找尋真正的寧靜，我開始學會看書，我開始學會打字寫詩，還有聽節奏很慢的音樂，沒有人聲的歌、流行音樂、古典音樂；我開始早起去運動，流點汗，就算這讓下午兩點左右的精神無法集中，還有寫日記，不是真正意義上的日記，更像是細膩記錄著生活，記錄所有當下的情緒和內心對白，不管是對誰講的話或想法，都手寫了下來，草草的字跡，已經有十六本的數量了。

是不是我在乎的太多了，不是那麼時常的問起，是在某些特別的時刻，像是最悲傷時，像是最努力而挫敗時，我的深處會有低沉的心聲，這麼問著。

是不是我，在乎的太多了？

我會在乎自己夠不夠努力，我會在乎自己的努力是不是他們所期望的，我的方向對嗎；我會在乎朋友們怎麼看我，我愛的她怎麼看我，我會在乎朋友們最終是否幸福，我會在乎曾經停留身旁的她，如今幸不幸福；我會在乎成就和目標是否太過遠大；我會在乎一天裡喝的咖啡會不會太多了，是不是該多喝點水；我會在乎一週裡運動的次數好像越來越少了，坐在電腦前的時間越來越多；我會在乎老友們是不是不會再聚了，各自有各自的努力，對吧。

不管如何思考，怎麼都沒能找到一個問題或一個角度，只屬於我。

所以找不到安靜，是這樣嗎？

以前聽過有人這麼說，或許是在電影裡，或是在夢裡，有人這麼說過，一個人的一生，短暫的就像是鼓掌，僅僅拍了一下的鼓掌。

那麼多荒謬啊，我還在乎那麼多，而不怎麼在乎自己，是誰教出這個我的，真想去看看那些制定教育和營造所謂社會和生長環境的人們，腦裡是怎麼想的，當我學會了所有事情，或繼續學會更多之後，怎麼停下來喘口氣的必要生存技能，漸漸漸漸，漸漸的，蕩然無存。

難道這不重要嗎？

不斷在腦海裡迴盪的想法。

白龍

在後山，
被擋住的那片天空後面，
我知道有個什麼沉沉睡著，
那森林的所有樹，
掉落的樹葉都堆成了那個什麼的床，
山頂上的雲，
只不過是高溫的吸吐所致，
爲了隱蔽著什麼，

那長有青白色鬍鬚，
淺藍色鱗片的，
那鎮守著山腳下的村莊，
庇護孩子們在風雨裡成長的。

我倚靠著操場旁的長椅躺著，
靜靜望著後山，
那是我知道的秘密，
我知道祂，
因此沒真正出現在我眼前過，
這是只有孩子才能知道的，
長大之後會漸漸忘記的，
秘密。

我找不到學校的大門，就是找不到，太陽都下山了，他們應該都回家了吧，我快急哭了，已經哭了，但不敢發出聲，就只是快步的走，走著走著後來加快速度跑了起來，從來不知道原來六點過後的校園這麼陰暗，我不是故意要逗留在這裡的，是他們說要玩躲貓貓的，我沒被找到，或他們以為我先回家了吧，開始之前就一直吵著我肚子餓，所以被這麼認為了吧，就這樣被忘記了吧。我沒有手錶，也沒有手機，那時候的小朋友沒幾個有手機的，有也不會帶在身上，活在城市外的孩子不需要那種習慣，因此沒辦法確定時間，只知道這裡好暗，夜漸深，可以想像那時候的我有多慌張，慌得一場糊塗，哭得唏哩花啦，一點停下來好好整理思緒的念頭都沒有，只管著不要停下腳步。

學校在山上，應該算是半山腰，風很大，校舍裡幾扇已經放下的鐵捲門，隨風哐啷哐啷的發出警告，好像警告著我不該在這兒，再不找到出口離開，我會被某種我不應該理解的魔物吞噬。這裡一盞燈都沒有，只有依稀從山下路燈延伸而來的橘紅色微光，還有月亮，只不過月亮在黑雲後頭，使得忽明忽滅。我好餓，我好害怕，已經是以一秒鐘一千萬次驚嚇來形容了，精神肉體都在崩潰的極致邊緣，忽然之間，風又更強更猛烈了，我能感覺到一股更沉沉重的氣壓，突然朝頭頂的天空籠罩而來，我都快被逼著蹲下趴下了，已經不行了，我會死在這裡，明天早上會有人發現我，會有一群學生圍觀，會有一群老師失序的來回走動控制場面，想著怎麼和我的父母解釋，想著怎麼和其他大人解釋，怎麼會有個孩子死在這裡，是誰的邪惡，還是孩子自找的，議論紛紛，我都能預知那場面會有多慌亂了，所有念頭停在這，亂成一團的恐懼都停在這一點上了。

是龍，風停下來了，方才冷風鍁鍁的漆黑，突然被一陣祥和的溫暖包圍，我聽到了呼吸聲，緩慢但能確知是野獸的呼吸聲，我抬頭，是龍，青白色柔長身軀，銀灰色的稜角，就那樣攀在學校的屋頂上，我只見到牠一半的身，還有兩前肢，巨大，寧靜，溫暖，每一寸週遭的空氣都富有飽滿的沉穩和堅毅，是龍，牠趕走了我的害怕，和那些黑暗裡的魔物，龍一語不發，但所有心存邪惡的，都顫抖著隱匿起來了。

大風吹

吹什麼有什麼，
吹有心事的人，
吹假裝善良的人，
吹被討厭的人，
吹討厭別人的人，
吹孤僻的人，
吹合群的人，

吹有夢想的人，
吹夢想破滅的人，
吹說謊的人，
吹深深相信的人，
吹戀愛的人，
吹失戀的人，

吹自以爲是的人，
吹被嘲笑的人，
吹百分之五的人，
吹百分之九十五的人，
吹還笑的，
吹一直哭的，

沒找到座位的，
淘汰離開了。

回想起來，那個網路還需要撥接的年代，好似也僅在不遠以前。是還能回想起來的年份，還能清楚形容當年的社會，還能深刻的勾勒出當年資訊不如今日發達的狀況。

而不過短短幾年之間，我們就身處在媒體爆炸性氾濫的環境裡了，也許再不用幾年，情況會更難以想像吧。

從字句到話語，之後是有旋律的歌和充滿情感的畫面，盡是多到無法深究和細細端詳的資訊，營養不營養的，都不重要了，速度是這時代的關鍵，之後人們就像是在取之不竭的營養液裡接受培養，如細菌般聚集而生存，沒有落單，也不能落單那樣。

那裡總會有個議題被討論著，留言板上，會有激烈的辯論，邏輯和情緒，交織在那，有人站在浪尖上、有人沉在水底，看著聽著說著，各式各樣的人，我想，這也許是這個時代溝通的方式，可能不大健康，但事實便是如此，總有著不用負責的語句出現，要爭回什麼，好似也很難定論。

那裡總會有人得出結論，結論一定，就不置可否，眾人的不置可否，而嗡嗡作響的反對，只會被當作成邪惡看待，善良落定了，邪惡亦然，有時這般速度，讓人毛骨悚然。

那裡總會有幾個專家，不一定是該領域的專家，只是有著專家頭銜，說話的分量就沉了起來，民主上能多握幾張選票的概念，他們會以科學理論或歷史經驗，滾起颶風，去吹散在他們眼裡不該存在或錯的，之後戰場上乾淨了，他們也就能自在許多。

那裡總會有幾個煽動者，不一定聰明或正義，卻極具魅力，舞台是他們的家，表演是天賦那樣，能有眼淚和大笑，能握緊拳頭作勢衝鋒陷陣那般，台下的歡呼鼓掌，對他們來說，是活下去的動力，而煽動者身後還有誰，不是這個民主年代必要討論的。

而大風會繼續的吹，風刮向哪，沒能來得及反應的，就都被吹向哪，是這樣子，對吧。

因為還要繼續生活啊，隨著遊戲規則處世，就沒有什麼不對了。

但總會有的吧，總會有無法被分辨的人，具有哪些特質也不一定的，但在大風來襲，能佇立在原本的位子，一動也不動的，做著自己原本在做的事，也許是吃飯看書，泰然自若的人，總會有的吧。

不一定會很明顯，也許刻意低調著，不讓人發現，不讓太多人知道心底的想法，可能是知道了，若是把一些不該說出口的祕密透露了，會被當作異類，會遭受排擠，這樣的人，應該很累吧。

而好似也不乏這類事情發生，當哪個自以為聰明的人，提出了和你不同的意見或看法，群起圍攻，讓他心服口服，甚至流放荒野，似曾相似吧，卻想不起什麼確切的人物和事件，也許忘了也好，反正多數人安穩地繼續活著。

恍惚

這軀體，
四肢和頭顱，
一萬根毛髮，

當眼睛閉上，
都被沉的空氣輕輕推揉著，
往下按壓，
具體的都散漫開來，
開始賦予周圍的一切生命，
這張雙人床，
白色漆料的四壁，
六角型磁磚的地板，

大腦呼叫，
末梢音訊全無，
細胞飄在空中，
或藏進塑料布料的孔，

不想再把眼睛睜開，
任憑血色瀰漫，
會有股鐵鏽的味，
就像愛情，
就像轉身，
最後會再聚集，
聚集成人，

而血的紅都鎖進眼底，
煩躁混亂的都重新乾淨。

是那場夢，場景沒有變，一樣是離家不遠的另一座公寓大樓前，又是那場夢，和無數年前一樣。

場景裡彌散的微光，是黃橙色的，是暗的，是噩夢，滿地都是綠色和灰白色的毛蟲，那身上的粉色和血紅的條紋，都清晰可見。

每一隻毛蟲都蠕動著，在我能看見的所有地方，所有角落，都快滿溢出來了，要擠破夢的屏幕，衝出夢境，爬向真實的床邊那樣，是一股噤聲壓抑的恐懼，我必須嘶吼，必須吶喊，必須趕快離開。

但我要被淹沒了，那些噁心的蟲子，不知從哪生長出來，能看見它們正在變大，數量越來越多，那些插滿針似的身軀，蠕動著的速度越來越快，而在那之下，是黑色的水，那滋養著它們。

最一開始，是小的，也許一腳踩爛它，就能抑止這惡夢，也許那是一開始就必須做的，是唯一的解答，但我錯過了，現在來不及了，噁心的毛蟲，開始長出了嘴巴，越來越巨大，我看見它們的牙齒，和嘴裡無盡的黑，那口腔裡有什麼正在碎動著，是會隨嘴的開闔，而互相撞擊的黑色細牙，或刺一般的絨毛，也許是用來消化什麼的，數不清，在那嘴裡，佈滿著。

我不確定自己醒來了沒有，和那時候的我不同，我學會抽菸了，我養成了壞習慣，傷害身體的惡習。

現在需要抽根菸，還有去冰箱拿點什麼能黏住心跳的酒，是凌晨三點，這不能確定我醒來了沒，我還是等不及逃開，但我在房裡，我在沒有開燈的房裡，太安靜，就好像我還聽得見，聽見水裡有著噁心蟲子在亂竄的聲音。

我喝了一大口，是廉價的伏特加，嗆的流了眼淚，辛辣的味道轉為灼燒，用最緩慢的速度滑進我的身體裡，需要更多，我點起菸，這些是把我拉回二零一九年的方式，我需要重回現實，或以更大的步伐逃往未來。

很快的，酒精已經抵達交感神經，迷幻著，沉澱了什麼方才不斷慌神顫抖的。

雙眼，我能確定沒有移動，至少是自己接收不到自己正在移動的事實，大腦裡的資訊處理成畫面播映在視網膜上，是不斷晃動的世界，房間，窗戶，公寓，我的床，是夜燈干擾著頻率導致的，所以我關掉了它。

我需要安定下來，那些割劃著食道和胃的伏特加，幫上了忙，越來越輕，這能提升我逃離的速度，如果那些蟲子再來，我可以敏捷的逃開，不用拖著重重的身體，我不像它們。

恍惚之間，能固定身體性狀的精神核心，好像化開來了，暈開成廉價的水墨畫，稱作我的形狀，隨之崩塌，顏色和氣息都褪去，還好房門和窗戶都關著，至少我還在房裡，我消散，但沒有離開。

我成了最小的粒子，物理學上，是基本單位的能量，很安定。

醒來之後，也許會再聚集，但現在，讓我就這樣，讓我躲著，讓我瀰漫開來，讓我增加空氣裡的密度。

恍惚之間，我從多年前回來了，眼前是血紅色的自己，這才足夠讓我安睡。

YUMOH
STRAIGHT-UP
Taiwanese SOUL
UNIVERSITY
NATIONAL TAIWAN
UNIVERSITY OF ARTS
YU 246
CODIN
Ninja
BORN TO CHILLING
JAMS
通行禁止
우나기
發發發
face
你看到了
HYSTERIA STORE
YENTA
KOKO
Ids
INDIESOUND
喵
NC17
NOODZ

你什麼時候學會抽菸的

那道圍牆，
一定還座落在那，
操場邊上，
年少的我們，
不用再偷摸著翻越，

小的涼亭，
一定還座落在那，
圍牆裡，
我們不再回去，
但還會有笑聲迴盪，

我們不是候鳥，
我們是盼不回青春的人，

春季還會回來，
可我們已走出圍牆外的隧道，
迎著各自的光，
留下了長長的影子。

我也時常被這樣問，你是什麼時候學會抽菸的？

通常是來自一些職場上的前輩或因緣際會遇見較自己年長的人，或許哪一天，我也年長了，我也成了誰的前輩，我也會這麼好奇著某個年輕小伙子，是什麼時候學會抽菸的。

不是真的想知道吧，不是真的想知道我什麼時候染上這壞習慣的，只是想藉此建立一條橋樑，或無端的想憶起些什麼自己的過去吧。

那天在台北市的街頭遇見了高中時期的好友，我一個人坐在國父紀念館附近的長椅上，那時晚間八點多，加了點班才離開公司的我，正抽著坐下之後的第二根菸。

「遠遠就看見你一個人坐在這，臉臭的跟什麼一樣，剛下班啊？」

抬頭看見是他，阿榮，高中時期的狐群狗黨其中一員，還真的是好久不見了呢。

「你也在台北工作？我還以為你留在嘉義了呢。」我一邊說一邊遞上香菸，他沒接過，是從公事包裡拿出自己的那包香菸。

「本來是那樣打算的啊，之後待膩了，還是決定回台北闖闖。」

「那有闖出什麼名堂了嗎？」

「有啊，我現在可以抽一包一百四的菸了啊，羨慕嗎？」

兩個還不到三十歲的上班族笑了開來。

我們聊起了很多往事，因為時隔有點久遠，兩人拼拼湊湊的說著。

高三那年，我們是一夥還懂得讀書的臭男生，雖然在班導師和教官眼裡，我們是一群滋事份子，還明目張膽的幹了一堆好事，對，盡是一堆會讓班導師和教官傷腦筋的好事，但還懂得讀書，一群有文化的流氓，那時的我們，是這麼驕傲自居的。

離大考的日子越少，我們就越是肆無忌憚，也許是壓力使然吧，這大人們應該也懂，因為壓力太大，需要抒發的管道。

一開始是違反校規的訂購外食進校，披薩飲料炸雞樣樣都有，我想福利社的阿姨都很恨我們吧，讓福利社沒了生意可做。

之後我們乾脆翻過操場邊上的圍牆，外出去找餐廳吃午餐，吃了舒服了才再翻進學校，大搖大擺的跑給教官追，處分瀟瀟灑灑地扛。

本無意翹課的，只是習慣吃的餐廳旁，就是一間網咖，一群臭男生一起玩著線上遊戲，就把時間給忘記了，一次兩次還會擔心沒上到課，三次四次之後，好似只記得放學前要回教室拿書包而已了。

但就像我說的，我們是一夥還懂得讀書的臭男生，雖然混事幹了不少，但我們總是互相提醒著，警惕著，該定心唸書的時候，晚自習我們會是最晚離開的。

之後離大考不到半年的時間，校園裡的氛圍越發壓抑，都是低到不能再低的氣壓。

記得那陣子裡的某一天，阿榮在我的生命裡畫下了驚嘆號且讓我對其敬佩不已的一天，那天的晚自習才剛要開始，阿榮默默的叫喚我們其他人到教室的後頭，眼看他邪笑了一瞬，之後把手伸進書包，拿出了一瓶開封過的威士忌，頓時大夥都笑開了，但不能太過張揚，會被老師發現。

阿榮說著，實在受不了了，最近壓力這麼大，不如邊喝邊念，也許會放鬆一點，等等要喝的就傳著喝。

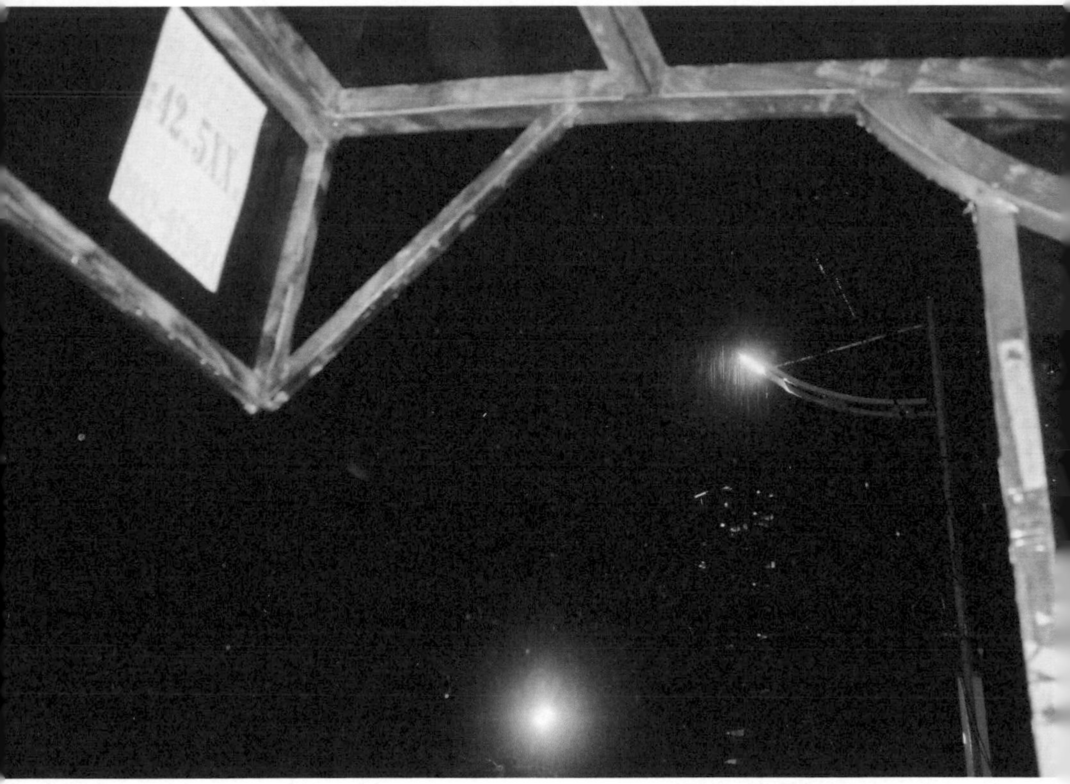

不知道該說是荒唐，還是該謝謝阿榮的貼心。

「就是那陣子吧。」提起這段往事時，阿榮突然的說。

「怎麼？」

「就是那陣子我們開始學會喝酒抽菸的啊，快要考試的那陣子，對吧。」

「是啊。」我淺淺的笑。

「那時的我們，都是一群人一起喝一支烈酒，一群人一起抽一包濃的菸。」

想起來，才發現那時的我們，還真像一支軍隊，雖然軍紀有那麼一點散漫，但總有著沖鋒於沙場的戒備，時刻無不掛心著。

「還和其他人聯絡嗎？」最後阿榮隨口問道。

「沒呢，大家都忙著吧。」我回。

「也是，不知道下次能大夥再聚會是什麼時候了。」

「不是有人要結婚，就是有人要死了，大概就只有這些機會了吧。」我說。兩個人哈哈的大笑。

是啊，我們都各自忙著吧，都從那支有點荒唐卻充滿回憶的隊伍離開了，會不會回來，也許並不重要了吧，都會各自有所成就的吧。

我是那時候學會抽菸的，就這麼一直讓我這樣回想起那段過往，能微笑的回味著，他們也會吧，如此應該就足夠了。

1
號線
Cycling Route No 1

帶我去走走

傷心的故事，
我們去有白色細沙的海邊，
熱烈的青春，
我們回到校園的操場，
寧靜的朝露滑落，
我們去後山涼亭，
存在大腦裡泛黃的回憶，
我們去遠方旅行，

過份的安靜，
那日常無味的像是舔舐過一萬次的
白骨，
沒有陽光曝曬，
只剩漸漸化爲粉末的表面，
坑坑疤疤的裂紋，
剛好讓時光都流逝，
讓我們都腐爛。

我們出去走走，
在眼珠成灰色混濁以前。

她想到自己的母親，時常那樣埋怨和警惕到，我未來一定不會像她那樣，成天除了上班之外，就只是待在家裡，家裡除了待在電視前之外，就是待在床上，飲食除了不健康的外食之外，就是啤酒了，她這樣說著，眉頭裡滿滿的不是滋味，抽著時尚又具個性的電子菸，吸吐。

從台北市私立幼稚園，一路到私立國中高中，最後從一所號稱企業愛用排行之冠的大學順利畢業，她活得不比人差，就算來自單親家庭，母親不曾讓她缺過什麼，對她雖然稱不上溺愛，但總是擺著相信著這個孩子的表情，相信著她可以照顧好自己，相信著她不會學壞，相信著她能更加懂事，最終能有所成就。

她的母親，經歷過那些年代，社會課本上能看見的，中美斷交、蔣中正逝世、白色恐怖、經濟起飛、金融海嘯，從大公司被資遣之後，再也找不到會計師的工作，在那個年代，陸續做了汽車旅館的清潔員工，加油站，最後重操學生時期學過的技能，美髮，所幸還能在老家附近找到百元理髮的職缺，一直做到了現在，做到孩子大學畢了業，出了社會，好似也沒想過退休的事，和幾個相處久的老同事一起在小小的理髮店裡嘻嘻笑笑，回到家就脫了撒了開罐啤酒來喝，過了一天是一天，悠悠的挺好，雖然女兒眼裡，那是一種在生活裡漸漸腐爛的姿態，但日子也是這樣的過著。

她們會吵架，時常吵架，總是她占上風，都是為了一些生活上的小事，但其實只是討厭自己的母親成天醉醺醺的，有哪一個孩子會可以覺得無所謂，與其說是討厭，更應該說是一種對人生的無奈吧，為什麼活在這樣的家庭裡，為什麼母親會變成這樣的人，為什麼自己要承擔這些，為什麼當初提供精子的那個男人可以不曾出現，這些問題是掛在心上大半輩子的，這就是她，已經成定論的人生，也是她的模樣，過去，或未來都是。

去看這些年的社會氛圍，奇蹟似的，她沒走上什麼歪路，在這個物質充裕心靈卻無比匱乏的成長環境裡，成為了一個忙碌卻充實的上班族，在台北市租了一間套房，交過幾個正常的男朋友，特別悠閒的日子會抽空回老家陪伴母親，她確實痛恨著她的出生，但也同時擁有著憐憫，或許也因為自己是個女人吧，她總能想像的到，母親

如今的酒癮纏身，憂鬱症用藥，和除了工作之外沒有其他的生活態度，沒有一處不散發著孤獨，而那孤獨，在她成長的過程當中，說服自己得到一個簡化過後的結論，這些終要歸咎於那個男人，他拋棄了母親，也拋棄了她，而她早就看穿了這樣老套的悲劇，所以努力著不想讓一切墜落得更快吧。

她不曾知曉母親那個年代發生過哪些事情，大事小事，能影響到母親的事，看似不影響母親的事，她都不知道，她能得到的，都是結論，她無奈地愛著自己的母親，卻也同時厭惡著，支撐自己繼續努力維持平衡的，就是這些矛盾了吧。

人老了，最可怕的也許不是白髮或皺紋，對她而言，是目光漸漸混濁吧，混濁的看不見更遠的地方，混濁的看不見這世界有多大，這是坐在客廳長沙發上，她靜靜看著母親時，心裡的想法。她所能掌握的所有有關於母親的，都讓人感到抑鬱，且年代悠長紛擾，也許那些故事，那些社會動盪，那些風花雪月，都是牢籠吧，讓母親的目光如此混濁的原因，都是牢籠吧，迷失的那一代人。

而我是個現代女人，她心裡是這麼想的，不管是在老家的童年房間裡望著天花板發呆，或是在台北市的租屋處下班累癱在單人床上，她是這麼想的。

一個人普通的晚上

車道擁擠，
人群還沒散去，
窗外喧鬧，
直至深夜，

房門關上，
精神關上，
手機電視電腦開啓，
腦海喧鬧，
直至睡著，

逃離，
逃離城市，
逃離故鄉，

逃離充滿愛的肩膀，
逃離下過雨的陽台，
逃離早晨，
逃離傍晚，
逃離他們眼見的自己，
逃離平凡，

孤獨感作祟，
一扇窗，
一扇門，
一個人，
都顯得那麼多餘，
都顯得那麼索然無味。

在我洗完澡躺在床上發呆的時候，總會無來由地去想像前一個住在這裡的他或她，在這生活時的模樣，是不是和我一樣自己一個人住，或是和愛的人，或好的朋友一起，床單的顏色、浴室外的腳踏墊、鞋櫃的擺飾、書桌上的電腦和音響、睡前的習慣、最舒適的角落一樣是那扇窗戶嗎？我總會這樣想像著。

這裡是十八層樓高的租屋處，A棟十八樓三室，電梯的左右兩邊各隔出了八間大小不一的套房，我當初選擇了三室的原因，是因為一開門就能看到窗戶，而那扇窗能望見淡水河畔和整座觀音山。

我很喜歡這裡，廁所的格局，冰箱和衣櫃，都沒什麼好挑剔的，尤其是那張雙人床，雖然床墊硬了點，但久了也就習慣了，剩下有待加強的也許就只剩套房和套房之間的隔音，真的是極差無比，有時夜晚不只能聽到鄰居的音樂喜好，搖滾愛好者還是嘻哈饒舌，還能依稀聽見隔壁情侶努力壓低的嬌喘聲。

有次朋友們週五約了一起喝酒，六七個男男女女擠在我的租屋處，有點擁擠，但擁擠的也算是溫馨，其中一個女生朋友就說到，她在自己的租屋處櫃子裡，發現了前一組房客遺留的相片，是那種拍立得拍出來的相片，有點泛黃了，但看得出來是一對情侶，朋友她覺得有點不舒服就隨手把它丟掉了，有點喝醉的她還一面說著，反正他們自己也忘記了，我也沒必要幫他們保留吧。

這事莫名的徘徊在我腦裡很久，動不動就留意著我所生活的空間裡，是不是也被留下了什麼，被留下了什麼前一個住在這裡的人，生活過的痕跡，是不是也被留下了什麼，被留下的是因為他或她不小心的忘記，有種說不上來的詭異期待，就像期待著，如果能找到什麼他們遺留的，好似在某種層面上，這樣一個供我一個人生活的空間，也就不那麼簡單或孤獨了。

明明是十八層樓高的窗戶，離地面的一切都有段距離的高度，但那早晨的人群喧鬧，或深夜裡的酒客紛擾，都依然能輕輕的傳進屋裡，有時是吵醒我的，有時是阻止我睡著的。

晚上，十一、二點的時間，忙完該忙的瑣碎之後，會買些啤酒上樓，一個人在夜裡小酌的習慣，也是在這段一個人住的時光養成的吧，通常是兩三瓶啤酒就能徹底放鬆了，可以說是一種儀式，一種慶祝，慶祝又過了一天，或慶祝那天付出了什麼不小的努力，完成了什麼不簡單的成就，去找一群人來陪我，成本太高，自己一個人也許就好，有時甚至會那麼想，這是一種證明，證明自己一個人也可以很好，一個人住，就算這張雙人床適合有其他什麼人，或什麼荒唐的事情發生，但我一個人也許也可以，總在證明可以應付孤獨感的一個人。

其實也不是沒那樣想過，也許我該在這種深夜出去晃晃，酒吧也好，住處周圍的角落也好，或是上網尋覓一些類似的人，類似的靈魂，也許可以來頓速食戀愛，或那種假藉曖昧知名的互相取暖，長時間一個人住，住在這十八層樓高，又有月光河畔窗景的套房裡，確實時不時的孤獨感作祟。

他或她也和我一樣嗎？在這個空間裡，也許時間往前調整一點的那些歷史當中，

像我這樣的畫面和情境，不斷的重複上演著，一個人，一張雙人床，格局固定的套房，月光，啤酒，足夠一個人能聽到的音樂音量，他或她也和我一樣嗎？

是不是也不斷地和自己對話，或受夠了無聊的和自己對話，是不是也曾想過逃離，逃離這個空間，逃離這種一個人，逃離這種一個人的夜晚，逃離有負擔的情感，逃離太深刻的連結，逃離失眠，逃離太早睡著，逃離明天睜開眼之後，又是一樣的規律生活。

好不好／開始

我愛你，
你也愛我，
好不好，

第一眼就認定，
愛一次就到底，
好不好，

我們要很幸福，
我們互相照顧，
好不好，

我傷心的時候，
你也傷心，
我癒合的時候，
你也康復，
好不好，

我們一起去飛，
再一起降落，
我們一起煩惱，
再一起安睡，
好不好。

她是你的理想型，短的黑髮，白皙的皮膚，臉型偏圓的嬌小女孩。

她就站在球場邊，喜歡看人們籃球的樣子，那天你沒有上場，也在場邊加油，你們站開一個籃球場的距離，而你遠遠盯著她，眼神明確的，她早就發覺。

籃球賽才剛開始，會是整整四十分鐘的比賽時間，你們也是。

你越是把目光落在她身上，她就越是無法控制的留神於你，甚至對看。

她的眉頭擠著奇怪，奇怪著球場另一頭的男孩，怎麼不偏不移地看著自己。

學校不大，要找到一個陌生的人，且得到聯絡的方式，也就不難。

隨口的去問，她在哪一個科系，哪一個班級，倚靠著一些人脈關係，也就都清楚了，是同為大三的女學生，產業經濟學系，B班，目前單身。

「我是今天也有去看球賽的男生。」沒有禮貌的突然。

「嗨？」

「我只是想要認識妳。」

你開始相信念力的存在，當人深信著某事會發生的必然，那事就必將發生，而這應證在你唐突又刻意的出現，卻能順利地接近她。

之後的你們，開始在每晚用手機傳訊息聊天，剛開始的一兩週，像剛認識的舞伴，互相打聽著風格，習慣，腳步，節奏，之後把音樂的速度加快，兩人一退一進的開始跳舞。

也許她早就有好感了吧，在第一次見面，當時還站開著球場兩邊，你想著總有一天要問她，問她當時被自己這樣盯著，心裡怎麼想，但還不到時候。

她喜歡看電影，這點和你很像，你邀請她去看午夜場，挑了部恐怖片，結果你比她還害怕。

她喜歡吃甜食，所以你們常在下課一起去學校附近的甜點店買蛋糕。

她說她想看夜景，你騎著擋車載她上陽明山。

她說她好久沒去海邊，你趁著那天傍晚，夕陽還未沉沒以前，帶她到了濱海公路上，一片鮮少人知曉的秘境海灘。

那天，你們看著夕陽慢慢地墜，直至海風漸強，月亮倒影在搖晃的波浪上。

你很喜歡這個女孩子，你自信的猜，她的感覺和你類似，不知道有多久，沒這種感覺了，青澀而香甜，每一次對視，都是想把宇宙奉上的。

那天一起吃了晚餐，一家傳統的水餃店，就在學校的操場外面，她提議吃飽去操場散散步。

季節是秋天，十月份的微風，已經需要披上薄的外套了。

操場六線道，你們走在最外圍。

不奢求此刻的時光能暫停，但只希望今晚能再緩慢一點而已，你沒說出口的話，也藏在看著她的眼神裡。

聊的都是日常，你也不是不懂愛情，如果再這樣下去，你只會成為普通朋友，好的普通朋友，你不打算那樣。

在離開操場以前，已經晚間快十一點，就要各自回家了，你想此刻，也許適合坦承一些什麼，關於你對她的感覺。

「能問妳一個嚴肅的問題嗎？」她也早知道我的感覺了吧，雖然這樣想，但心臟跳動的劇烈。

「可以啊。」她的表情，更讓你確信她知道你打算說些什麼。

「那麼，跟我在一起，好不好？」一邊還在行走的兩個人停了下來，距離是一步，她在前，你在後。

她點頭，沒有其他回答，只是笑了。

你也是。

落地窗的陽光／途中

想把對方揉進自己，
春天的花能證明，
秋天不會再來，
身邊只會有你，

沒有太漫長的等，
只有時光流逝太快，
用一夜去書寫永遠，
詩裡藏著蜂蜜的籤，

答應我，
今晚夢同一場夢，
答應我，
明早見同一扇窗，

陽光會落在白磁地上，
透徹，
溫暖，
乾淨，
安逸的和我們一樣。

我開始習慣了，習慣有妳，習慣每次回家，都會有個人在等我。

一個特別重要的人。

我沒告訴過妳，我早就在心底，偷偷的，把生活的重心都給了妳，沒告訴妳的原因，是擔心給妳壓力。

我喜歡浴室裡是成對的牙刷，這代表我們一起生活，書櫃上原本只是書，後來擺上了妳的化妝品和飾品，我喜歡和妳共享這個空間，甚至讓妳占據。

當我在寫作，我會在離床不遠的書桌寫，而妳還在賴床，我沒把妳叫醒，再讓妳多睡一會。

每一晚都能徹底放鬆的安睡，因為雙人床有我們，我能抱著妳，聞見妳的味道，妳窩在我這，妳短髮柔順，我不用目光去探索，我觸摸，甚至都不用言語，就讓夜晚去說，我們好好躲在對方懷裡。

日子，悄悄地飽滿起來，歲月都像詩，都是字，卻溫度剛好，這是別無所求的感覺，只要我們互道晚安，只要我們一起醒來。

十二月三十一日，那次跨年，我在家等妳下班，我們說好一起在家裡度過，不去其他的哪裡了，買了零食和宵夜，電腦裡找到最好的音樂，十八層樓高的住處，窗外正好能望見淡水河畔，在那裡，倒數到一時，會有煙火，會很幸福。

是不是我這樣好好愛妳，妳也會這樣好好愛我，妳回答是，笑容的溫度剛好，這就是別無所求的感覺了。

多幸運，能遇見妳，也許在第一眼，就心動了，如果這讓妳知道了，妳應該會笑我天真吧，天真的往妳的方向沉一點點害怕都沒有，幸好沒有受傷，至少現在沒有，時常都這麼想。

我的憂鬱體質，時常被妳點醒，妳要我在妳面前褪去武裝，做好自己，這對於年輕的靈魂，對於脆弱的我，是救贖，我不曾在愛裡走的太深，而妳沒有顧慮的拉走我，也許時間點剛好，再慢一些，就沒能落定。

如果哪天，我不經意傷害了妳，答應我，一定要告訴我，因為那絕對不是故意，我怎麼傷得起，我怎麼傷得起，給了我那麼多的妳。

沒有想過，沒有想的通透過，愛情到底是什麼，也許永遠沒有邏輯，就像現在的我，確信著自己不能沒有妳，那些電視劇裡的陳腔濫調，都成真了，可怕。

我也曾經想過，如果妳終將離開我，我能做些什麼，答案是沒有，我動彈不了，像是詛咒，如果傷心了，會是淒美的，我這樣想。

冬天還沒過去，這冬天漫長一點也好，我們在一起，溫暖的明顯。

雙人床邊，是寬度一公尺的白瓷地板，下床就能靠近窗邊，我們同居的住處，小的很可愛，也許是因為有了妳才可愛。

有時我不敢做太多承諾，甚至是說愛妳，因為妳一定會知道，妳會知道的吧。

承諾都關於時間，那些關於永遠的話，內心感傷的那個我，不敢面對，但我知道自己懂得知足，因此那些珍惜，都是用盡了力氣。

我們會在一起，很久很久，對吧。

明天還是明天，不能確定的明天，但讓我們緩慢的沉浸在這些我們勾勒出來的習慣裡，讓我們繼續互道晚安，讓我們繼續一起醒來。

當早晨的陽光落在白磁地板上，我就幸福了。

那溫度會剛好，會是別無所求的感覺。

雨季／結束

我還喜歡你，
只是大雨，
打散了所有聲音，

傘，
就拿走吧，
我會在這等雨停，
而你，
也別淋雨，

不用多久，
你就會模糊，
不用多久，
你也會想我，
不用多久，
這雨季，
會過去，
陰的天空，
會有彩虹，

我對自己這樣說。

輕輕一推，就會向後倒在，滿地深藍色的傷心。

蜷縮在被子裡，那裡頭，一點溫暖都沒有，只是妳不斷墜落，所以掀不開，起不來，全身發不出力，能用力的，只有胸口，為了抑制住，持續從那湧出的脆弱情緒。

妳沒有停止傳訊息給他，從洋洋灑灑的論說文，主題是說著吵架的原因和不想分手的請求，到孱弱的問候，呼叫，你在幹嘛，你在哪。

從剛睡醒到疲憊的正要入睡，妳不斷拿起手機，想確定他看過妳的訊息了沒有，想確定他有沒有回覆，但他終究沒有，都沒有。

妳傷心極了，就像能感覺到，幫助心臟傳遞血液的瓣膜，都阻塞了，傳遞溫度的機制，損壞，正在崩毀。

妳還沒來得及問清楚，那女人到底是誰，和他牽著手的女人到底是誰。

妳也不願相信他會這麼做，妳不願相信自己深愛的男人會出軌，會愛上另一個女人，但同時溫柔的對待自己，想到這裡，愛情成了滿是尖刺的刀具，在胸口攪動著。

妳曾經認為，兩個人一同享有愛情，未來碰上了困難，只要兩人還真心相愛，就能解決，就算他有天真的不愛了，自己也會能努力保護這份愛情，讓火苗重新燃起。

但此刻，心底空蕩蕩的，腳踩不到地似的，妳很害怕，害怕他，真的不會再回來，如果他不回來，妳真的不知道該怎麼辦。

而那晚的爭吵，他最後說的話，在之後的幾天，不斷迴盪，迴盪在房間裡，迴盪在浴室，迴盪在回家的路上。

「我早就不愛妳了。」

那是一句能吞噬妳的話，而吞噬妳的力量，正隨時間增加。

妳開始責怪自己，責怪自己怎麼那麼傻，一點跡象都沒察覺，女人的第六感去了哪裡，如果早點發現他不愛了，自己一定會用盡方式找回他的。

他消失了幾天之後，妳終於在手機屏幕上，看見他傳來的訊息了，妳從癱軟的床上猛然坐起身子。

「分手吧，對不起。」

而妳趕緊回覆，

「能不能當面聊聊？」

「我想，沒必要了，謝謝妳，這些日子。」簡短的回覆，在最後。

梅雨季的雨，滴答的落在窗上，窗戶緊閉著的房間裡，那些雨聲，像妳。下的再用力，都沒能穿破玻璃，像妳，此刻又癱倒進了渺小的悲傷裡。

這五月的天氣，整個週末，妳都待在自己的租屋處，這裡單人床，地上有地毯，是妳和他一起買的，小的藍色桌子在正中間，上面擺的，盡是你們在一起生活過的遺跡，妳不會想再去觸碰那些，妳會被刺傷，妳無力整理自己。

需要開除濕機，裡外都潮濕的季節，的心情。

但也許，怎麼除，都瀝不乾淨。

窗外的雨聲還在輕輕拍打著，窗簾沒有拉開，妳想保持室內昏暗，但聽見那雨聲，梅雨季的雨，應該還需要一陣子才會停。

秋天的幻覺／結束之後

我會在秋天，
看見妳，
腦裡虛構出的，
情節，
或畫面，
虛實相間裡，
能看見妳，

困在十一月，
一直走不到十二月，
時間也產生錯覺，
極近停止的日月，

咖啡廳裡的是誰，
街道人群裡的是誰，
深夜裡等車的是誰，
深色短髮背影的是誰，

只有我是眞的，
其餘的，
也許都來自殘缺。

整理一些舊的衣服，要換季了，要把春夏的衣物摺好收進衣櫃的深處，接著把秋冬的外套和長袖上衣翻出來。

發現那件淡紫色的薄外套，還躺在衣櫃裡，它多久不見天日了，妳沒有再來把它帶走，也許妳有新的了。

回想過去，身後的年歲，就像是出海口那樣，時光不斷向大海推送，那些確實回不來，也時刻繼續流逝著，但出海口，隨著四季推移，在不遠處堆成了沙洲。

不管好的壞的，都在那沙洲之上，在不遠處，隨意的回頭，都能見著似的。

而那之上，有妳，雖然模糊的樣子，但我卻清楚是妳。

妳過得都好嗎？

如果現在能見妳一面，或是妳依舊常在我身邊，我會和妳分享，分手之後的幾年，我是怎麼過的。

我會說工作如何，我會說我遇見了新的誰，對她的想法，也希望妳告訴我妳如何，妳的生活如何，都還順利嗎？

我還會想告訴妳，我時常在路上，尤其是人多的街頭，不知道是刻意尋找，還是不經意的發現，有那麼幾次的陌生背影，很像妳，也許，那真的是妳。

而妳是因為也看見了我，所以回頭，而我才，總是看見背影。

很悲傷吧，妳一定會取笑我這樣，還是多愁善感，還是傻，還是把憂傷沾滿身上。

妳曾說過，我太自以為是了，如果是真的，那妳肯定一絲想念我的念頭，也沒有。

因為我太自以為是了，以為我偷偷想念著妳，而妳在某個遠方，也正偷偷想念著我。

過度浪漫，也是妳曾批評過的。

是秋天，我記得和妳在一起的季節也是。

下個月就是十月，夏天的熱風會漸漸不再囂張，轉而吹起的微涼，會很舒適，妳也喜歡的。

我在房間裡，打開窗戶，讓那些夜晚的風吹進來，徐徐的。

這才發現，愛情帶來的成長，是從時刻都可能潰堤的淚水，在多年之後，變成這陣陣從窗外吹進來的風，秋天的晚風，會讓我想起妳，深深的想起妳，但我不再任性掙扎了，隨它颳過我，隨它打亂我，我就只是靜靜的，望著窗外。

之後覺得夠了，該回到現實的時候，再把窗戶給關起來。

我們都會變成有深度的人，在愛過一次又一次之後，學會想念過去時，可以不再那麼脆弱，之後的微笑，也會因此更溫柔了吧。

蜂蜜威士忌拿鐵

太邏輯，
太清晰，
太醒，
我不需要的，
都是太清楚的，

太濃烈，
太甜蜜，
太周旋，
我不需要的，
都是太負擔的，

我要坐在咖啡廳裡，
寫寫詩，
寫寫日記，
看著手機想念某人，

之後看夕陽墜落，
之後看潮汐漲退，
之後待到凌晨兩點，
之後看月光在海面上暈開。

曾經問過老闆這裡的營業時間，他回答每天都是凌晨兩點才關門，也許是名單裡最愛的一家咖啡廳吧，我是個容易忠誠的人，對於品牌，對於文具或筆記本，對於吃的餐廳，對於思念，對於老友，對於咖啡廳，對於坐在咖啡廳裡該喝的咖啡或該坐的座位。

我享受每當我來到這裡，店員在我靠近吧檯以前，就對我說著，今天也一樣嗎？這樣類似的情境，我享受，我喜歡固定生活裡某些需要動腦思考的變因或選項。

通常是平日的下午三點過後六點以前，我會先吃飽，以免飢餓感打斷我消磨著自己的時光，一進門右手邊的第二張桌子，四個人的座位，是我習慣的位子，平日這裡悠閒而愜意，一個人獨占四個人的位子，不會是值得被側目的自私。

不像假日那樣，整條沿海的街道都會擠滿了台北市來的遊客，總會默默覺得那些人，是沒有特別計畫的來到這裡，來到可以被稱作觀光區的地方，隨著人群走，總能得到一種自己有在認真把握假日的安慰。

我會打開電腦，插上耳機，點一杯熱的蜂蜜威士忌拿鐵，會開始寫作，也可能不想思考就看影片，或根本什麼都不做，就只是看著夕陽，之後是看著月亮。

店門外有一小區吸菸區，這是它成為最喜愛咖啡廳的主要原因之一吧，一個人在那浪費一整個下午一整個晚上，我都不會覺得心疼，反正我本來就不屬於忙碌，那裡正好適合逃避，我是個膽小的人，我承認。

蜂蜜威士忌拿鐵，世界上最偉大的咖啡飲品，還有什麼比這咖啡更適合我了，還有什麼比這咖啡更適合蹉跎時光了，咖啡因確保自己醒著，威士忌確保自己足夠模糊，蜂蜜在咖啡進到口腔以前，就已經散發出舒服的甜味，這杯咖啡，讓我什麼都有了。

這裡是個適合發生什麼浪漫故事的地方，但我好像從沒憧憬過當那故事裡的主角，我更喜歡坐在我的角落，看那些事情發生，我不顯眼的，成為一名常客，而那些路過的駐足的暫時激情或冷淡的，快速或緩慢的一次又一次發生，在那桌爭執著什麼而女孩落淚的情侶，在另一桌有說有笑散發著粉紅色泡泡香味的曖昧男孩女孩，獨自坐在門外吸煙區抽菸的，看上去是個畫家的成熟女人，點了一杯西西里咖啡身著白色襯衫的年輕男子。

我在這桌，就像圍成了一個不深的堡壘，探頭看著外面的世界，而這世界，因夜

色微醺，因月光清醒，因海浪不斷拍打出來的聲音顯得飄渺，而外頭石塊鋪設出的小徑圍繞著這間咖啡廳，那讓在這裡的人們，和幾段因這些人而來的故事，都聞起來有麵包香氣，都嗅起來迷幻卻真實。

過午夜，身體也隨著夜漸深而越來越遲鈍，無法專注，心思沒有規律的迷走著，打字的手指，眼皮，長時間彎曲的膝蓋，都應證著人類是多麼安逸的生物，無法在深夜裡有意識的掌控自己，這真是危險的事啊。

還不想離開這裡，還不想回去，還不急著去哪，那裡沒有誰在等我，一個人唯一的好處，在生活中，好似就是能這般任性的隨意浪費時光吧，我自己的時光，也許哪一天我會深深的後悔年少的我，是個這麼享受浪費時光的孩子，也許吧，但那些也許都是可能發生的，也可能哪一天我會深深後悔的，是此刻的我，還不足夠浪費，沒在這裡多待一會，也許吧，這些也許都是可能發生的。

我的蜂蜜威士忌拿鐵在杯底還剩不到一口，這偉大的發明，就這麼陪了我一整個晚上，過了午夜，那蜂蜜的甜，威士忌的烈，都還在，我聞得到。

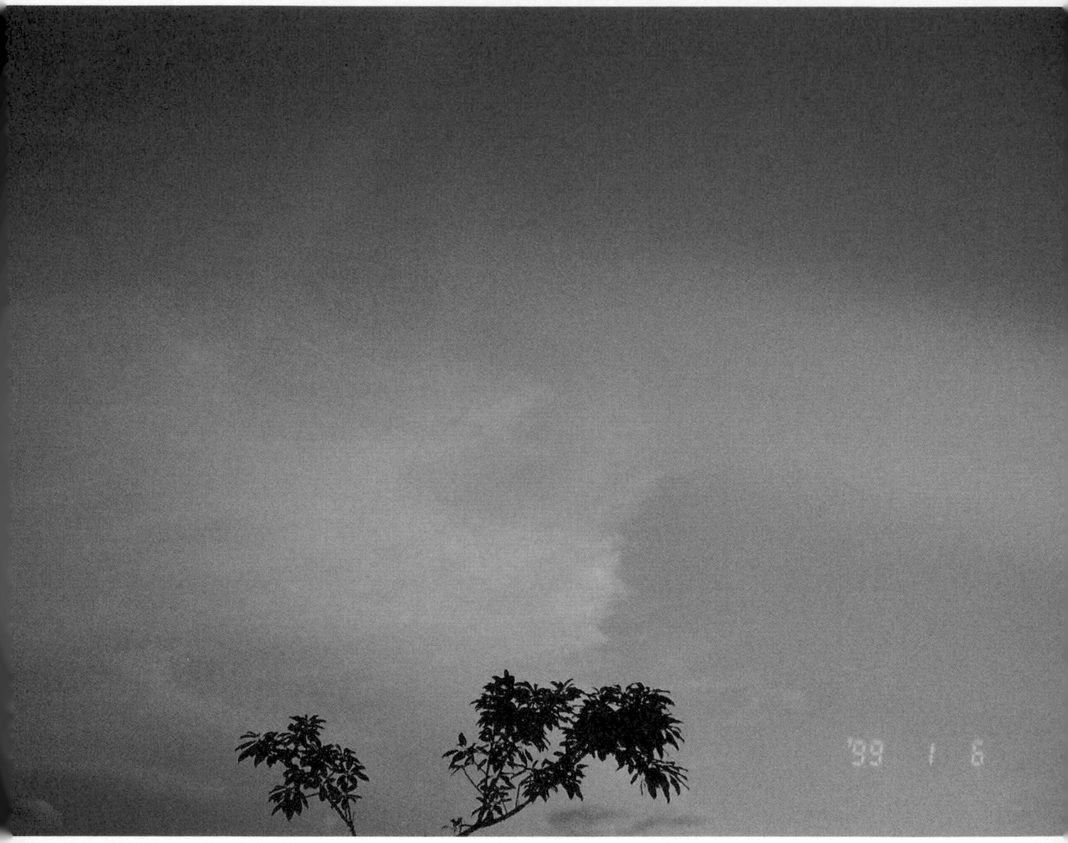
'99 1 6

重度浪漫患者

你有病，
病得不輕，
將死之人，
彌留眼神，
你說最深情，

你有病，
還笑著說沒事，
身體和靈魂，
都在凋零，
你卻說，
自己還可以，

你有病，
夢境和現實，
已經分不清，
你說著，
你要成爲勇士，
你要成爲明星，
你要帶給世界，
愛與和平，

你有病，
浪漫末期。

因為一堂現代通俗小說概論，你愛上了張愛玲。

因為經典起司蛋糕上炙燒的焦糖，你怦然心動。

因為木棉花絮飄散在校園，你哭得泣不成聲。

你的心中，有一座華美的劇場，舞台燈光迷幻，背景伴奏是交響樂團。

你曾告訴過他們，在該愛的時候拚命去愛，在該傷心的時候，別帶任何憐憫的把自己亂刀分屍。

你享受作為一個這樣的人，你擅長感動自己，你擅長煽動他人，你的世界有五彩斑斕的泡泡，隨時都在飄飛，也隨時都在破滅，而你乘坐在那些空氣上，隨意被抬升，隨意被迫墜落。

你和他們談起夢想，你不解他們所說的遙遠，那些該面對的事實。

他們說，要成為音樂家，要有天份；要成為畫家，要是瘋子；如果想要富有，就要歪著腰，煎熬的埋頭苦幹；如果想要社會安定，要成為政治家，但政治家，必須要有身世背景，要有險惡的手段。

他們口中的世界，是暗藍色的，是只要背離社會期待，都將遙不可及的。

他們有夢想，但在他們眼裡，前方有太多阻礙，而且無法消滅或改變。

但你不解。

你大聲喊著，都被自己給感動哭了，你說，那些夢想，不都存在心裡嗎？夠渴望不就能向前嗎？遇上了困難，就該以命相搏，都稱作夢想了，這不都很應該嗎？

他們嘲笑你天真，你也跟著一起笑了，你很樂意被評價為天真，天真意味著，你還有機會去嘗試，你還有機會去失敗，而成功與否，天真的人還未曾證明過。

也許成功了呢？

你愛上了一位女孩，但她不喜歡你。

你說，只是還沒而已。

沒有策略的，你告白了一百次，沒有一次成功，你寫了二十封情書，沒有一次有回信。

有人這麼問你，都被拒絕了，怎麼還要繼續？

內心的背景伴奏緩緩響起，有那麼點憂傷的伴奏，但浪漫盡在眼底閃耀著，你微笑說，又不是她拒絕我了，我就能停止喜歡她。

對吧，這是兩件事情吧，她愛不愛我，和我愛不愛她，終究會是兩件事情。

你過度自信的說著，你認為，這世上絕大部分會失敗的愛情，都止於畏懼，都止在自己。

愛不會停，至少不是說停就停，愛來得突然，如果哪天消散，也會是無聲無息。

當你還能感覺得到，當你還為她悸動或傷心，那份愛情，就不可否認的存在，所以能做的，就只有將愛付出，將愛散落滿地，有沒有人撿起，也許和你沒有一點關係。

重度浪漫患者，最快樂也最悲傷的人。

之後，當他們提起愛情

是找不到盡頭的眞理，
存在著，
卻不容許證明，

被人提起的愛情，
編號第一萬零一，
無數次嘗試理解，
但終究有傷心，
而不僅僅一次，
而是第一萬零一，

那裡會有，
酒客，
文人，
藝術家，
心理學者，
不斷努力，

但終究無用，
終究會有傷心，
終究會在春天，
迎來下一次花期。

曾經對一個女孩說過，我不懂愛情，但我愛過。

那就像，當你試著去感覺，一切都好簡單，但當你試圖去理解或推敲，一切都會變得好難。

所以我不懂，我只是愛過。

這個時代，會有一整棟圖書館的書籍，去解說，理性的論，或感性的文，被千千萬萬次記載而來，關於愛。

還會有電視劇、電影、情歌或悲歌，甚至節目，談話性節目，會有專家，自稱兩性專家或星座專家，也許真的專精吧，但我不曾相信誰說的話。

這個時代，或過去每一段歷史裡的人，天性使然，會去找到辦法，讓自己避免受傷，或讓風險降至最低最低，對愛情也是，所以時至今日的一切，文化或故事，都來源於此。

但我終究不敢說什麼，在一群朋友圍坐討論的時候，八卦誰和誰的情愛，或是討論戀人相處時有什麼該不該，或在酒吧，對面坐著再多傷心的人，我也未曾想過，也許自己能說出什麼，可以讓他或她就此解脫。

當我寫詩，當我紀錄生活，讓過去或未來都流淌成字的時候，我會讓自己回去或向前，幻想自己身處在那個時間點，盡我所能去體會那個當下，我想描述的當下。

若我愛上了誰，我的憧憬裡，都是美好的，這是愛的開始，甜的滋味不斷送進心窩，且無法控制。

若我想起失戀，我會回到那個街頭，大雨還在落的傍晚，人群和車流還在擁擠喧囂，卻因為大雨，和那個正在傷心的自己，隔成了兩個世界。

我能去形容那些當下，我能用自己的方式清理傷口，但就是未曾，未曾理解或試著找到方式，讓一切都得以倖免。

也許是一種消極的態度，我消極地承認，我是一個不幸的罹難者。

愛過很多次，沒有一次善終，我沒能善終，也許她也是，快樂沒有善終，悲傷也沒有。

也許對於自己的愛情，可以稱為專家了吧，僅僅是對於自己的專家，我能慢慢了解，自己該怎麼去愛，或該愛上怎樣的人，如果以都會傷心為前提，哪一些途徑，不得好死的機率會相較低。

但這只是我的一山一水，這些都只是我的風景，僅此而已。

而他們提及的，是愛情，是無限世界裡的千山萬水，是用盡所有歷史，被每一個時代的人類勾勒出來的，且未完。

因此，愛情就只是存在，存在於開始和結束之間，存在於曖昧與悲傷之間，而途中的一切，是未知的，只是回想起來，有時模糊，有時深刻的會掐死人。

如果有天，愛出現了，最愚蠢的，應該就是問怎麼辦的人吧，第二蠢的，應該會是說該怎麼辦的人。

就這樣帶有一點點憂傷的消極，面對那無可厚非的愛情，將必然的發生，或是隨風又突然的消失不見，也許才是愛情之所以迷人的原因吧。

像雨那樣，無法確定何時會下，無法確定何時會停，我們無從控制。
我們就只是撐傘，或淋。

1
號線
Cycling Route No 1

餘生之初

有一個忘不掉的人，
有一個未完成的大夢，
有一寸流過血的疤，
有一次尚未墜落的冒險，

初生，
風景一道又一道，
擁有之後再見，
再見一次又一次，
傷感之後收拾，
收拾之路，
前方盡是大霧，
大霧裡艷陽熾熱，
大雨只是不時出現的幸福，

倖存的人，
都感謝大雨，
罹難的人，
依舊在旱漠前行，

夢想還未達成，
青春還未挫敗，
悲傷還未善終，
愛情還未飽滿，
靈魂完整之時，
漫漫餘生之初。

之後的我們，成了什麼樣的人，或將會成為什麼樣的人。

青春結束了沒，結束了吧，不然眼前，怎麼只見餘生。

我會在咖啡廳裡寫作，忙一些日常的事，習慣在每個整點走出咖啡廳，抽一兩根菸當作休息。

最近鼻息間的空氣慢慢地冷了，安靜下來才發現，是秋天，終於等來天氣轉涼的日子了，今年怎麼比起過往，有那麼一點更加漫長的感覺呢，還是只不過是天蕭瑟了點，使人孤獨感作祟而已。

七月中旬回到母校參加他們的畢業典禮，熟識的弟妹其實也早就畢業了，那次回去，只不過是老同學們久不見，而藉機相聚的藉口吧。

那裡沒有什麼認識的人了，面孔也都陌生，相對於那個校園來說，我們也算是陌生人了吧。

回去見了幾位教過我們的教授，應該也記不清我們是來自哪個年代的人物了，成績特別優異或滋事份子才會被記得而已，寒暄了幾句，長大之後就會越來越熟練的社會技能。

記得那天的情景，其實和當年自己畢業時的畫面相似，校園狹長不大，擠滿了畢業生、在校生和各自的親朋好友，人潮湧動，天空是炎熱的七月，加上悶熱難耐的學士袍，都不掩年輕靈魂的歡快心情，一種正要啟程前往下一站未知的情懷，興奮而期待，還有漫天隨暖風飄落的鳳凰花瓣和離別之情。

心想，應該每年一到畢業季，全台各地的大專院校，都是類似的情景吧，都沒有什麼差異的，畢業的樣子，朋友們道別的樣子，人們各自散去的樣子。

回學校的那天，傍晚大夥到了一家大學時期就時常來作客聚餐的熱炒餐廳，十幾個人圍坐著吃飯聊天，聊各自近況，誰在公司裡被看重或看輕，誰剛從國外回來或下週要離開台灣，誰又失戀，誰又展開了新戀情，談笑間都像極了幾年前的我們，歡樂的場面依舊可以很熱絡，很高興我們都沒有太多改變，也許都在心底這樣默默慶幸著吧。

那天道別，我獨自走過校園，要到站牌等車，沿路看見大大的充氣拱門，上頭紅色的幾個大字。

鵬程萬里。

在回台北的路上，沉澱了許久，心底浮現了唏噓之感。

離開這裡之後，也許我們之中沒有誰，真的成了大鵬，我們都還未能展翅，去雄偉的翱翔。

我們更像是麻雀，渺小，而為了不墜落，只能不斷向遠方，振著虛弱的翅膀慢慢飛過。

就算前方滿是大霧，也只能努力地飛。

原來孤單是確實存在的，畢了業，之後漸漸走進社會的叢林裡，真的身為一個獨立個體的感覺，才越發明顯的被自己察覺。

也許在漫長的餘生裡，這就是最一開始的模樣吧。

人們越來越孤獨，行得越遠，就必須越是強韌，其實很早就該明白這些道理了，只不過先前都太安逸，幸運的人們都太安逸。

僅剩的，都是溫柔

我在上游，
猛烈地碰撞，
我在森林，
殘忍的燃燒，
我在冰川，
不斷啃食，
我在海底，
極速蒸發，
我在此刻，
全是溫柔，

我說的每一句話，
都來自某人的每一句話，
我愛上的都只是序幕，
眼神裡的想念才是篇章，
我忘記抑制自己在那個過去，
氈人的刺都磨損了，
一不小心到了此刻，
我在此刻，
全是溫柔。

總是會想起妳，沉默的時候，關於青春的事，關於那個單純少年經歷過的種種，妳和那些連結著，死死緊扣那樣。

只有妳的輪廓沒有因為年歲而模糊，解釋不來的原因，這是我的一個祕密，而我不曾和妳說過，就算是好久好久之後的現在。

曾經有一段時光，我認為愛情其實得來能不費吹灰之力，只要在適當的環境，適當的情節或季節背景，人總是孤獨的存在，把糖給想吃糖的人，如此而已，待星火升溫，想要多熱烈都可以。

當然在那之後的不久，不攻自破，太空虛了，沒人能長時間活得那麼不踏實，而在虛弱的靈魂想要依靠時，那會最危險，之於妳，也之於我吧。

妳很聰明，妳知道那時的我，很糟糕，糟的一塌糊塗，所以妳拒絕了，當我滿臉真誠的模樣，孱弱而卑微的聲音，妳沒有憐憫我，只是告訴我，我來得不是時候。

也許這是該感激的事吧，我們沒有成為那種相愛相殺的關係，所以也沒有恨，只是說不上來的想念，但妳會不會想起我，我沒有妄想過。

沒傷過妳的心，回想起來，還真是萬幸。

妳呢，最近過得好嗎？

很久都沒見了，諸多因素，距離太遠的生活圈，雖然以好朋友相稱，但不是那種能在週末見面聊聊天吃吃飯的朋友，是只要見了面，就會有悸動萌發的朋友吧。

一直都是很特別的存在，妳也曾對我這麼說過，在妳從歐洲寄回來的明信片上寫著，我一直收在抽屜裡，沒有想過再拿出來細細品味，那太傷感了。

也許之後的日子，能見面的機會只會越來越少，越來越不可能，我更是想過，未來的餘生，我們不會再相見了，但所幸我們活在網路發達的年代，至少知道對方都無恙，也就能安心繼續的各自生活。

如果哪天我發生了不好的事，妳會出現嗎？像年輕的我出現在妳脆弱時那樣，如果會的話，那相見不相見，也無所謂了吧，我們就作那種，很久很久的好朋友，也好，也足了。

記得妳說，我該成熟一點。

就像是妳早知道我會做出什麼蠢事那樣，時刻提醒著我，之後確實如此，生命裡好似也傷過不少人了，總是關於愛情的事。

該成熟一點，真該成熟一點，也許正因如此，妳才時常在腦海裡出現。

而現在的我，好多了，以妳的標準來看，我成熟了嗎？

也許還不夠對吧，因為我還會想念妳，妳所謂的成熟，到底是什麼模樣，真到了那天，我能感覺得出來嗎？

被日子和生活推遠了之後，我們應該也各自愛上了幾次，愛上了他和她，開始了不只一次的戀情，正常的不正常的，認真或玩笑的，不只一次重蹈覆轍，總在最後又察覺，自己瘦弱了些，愛情也瘦弱了些。

不再有以往那麼多的期待，對於自己或另一半，不知不覺的，時光麻痺很多的感官，卻要我們繼續活著。

再有人和妳談論起愛情，妳會想起過往那個愚蠢的人嗎，類似我。

若不，在這個遠方的我，會盡力說服自己妳時常想起我，像我想妳。

妳成了我在好久好久之後，還會憶起的人，沒被風吹散，還能想起每個時期的妳的樣子，好的壞的，遠的近的，而我再想起妳，又感覺秋天蕭瑟了些，又感覺自己瘦弱了點。

符合某些文學作品裡，溫柔人的模樣，舉止思緒，都溫柔落定了下來，總有個人能想念，或不得不的想起，應該是溫柔的吧。

妳呢，妳會怎麼想？

別回答了吧，妳在遠方。

國家圖書館出版品預行編目(CIP)資料

入內後，請安靜／壹捌零參著. -- 初版. -- 臺北市：臺灣東販, 2020.01

218面；14.7×21公分

ISBN 978-986-511-215-8（平裝）

863.55 108020161

入內後，請安靜

2020年1月1日初版第一刷發行

作　　者　壹捌零參
主　　編　陳其衍
編　　輯　王靖婷
封面設計　鄭婷之
特約美編　麥克斯
發 行 人　南部裕
發 行 所　台灣東販股份有限公司
＜地址＞台北市南京東路4段130號2F-1
＜電話＞(02)2577-8878
＜傳真＞(02)2577-8896
＜網址＞http://www.tohan.com.tw
郵撥帳號　1405049-4
法律顧問　蕭雄淋律師
總 經 銷　聯合發行股份有限公司
＜電話＞(02)2917-8022

TOHAN